忠臣蔵は情報戦なり

中野学校情報戦士の黙示録

蒲生 猛
GAMOU TAKESHI

忠臣蔵は情報戦なり　中野学校　情報戦士の黙示録◉目次

貴島家 系図

- 重太郎《じゅうたろう》
  - 長男 勲《いさお》（＝「伯父」）
  - 次男 賢次《けんじ》
  - 三男 大三郎《だいざぶろう》
  - 四男 猛男《たけお》＝喜美江《きみえ》
    - 長男 正人《まさと》
    - 次男 誠也《せいや》（＝「私」）

重四郎《じゅうしろう》（重太郎の末弟＝戦死）

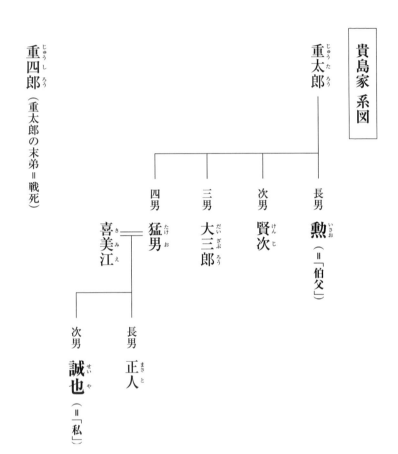

忠臣蔵は情報戦なり　中野学校　情報戦士の黙示録

三月も彼岸を過ぎると、桜のつぼみも色づきはじめ、日に日に暖かさが増していく。

私は、四月の入社式が間近に迫る二十七日の早朝、東京から新幹線に乗って、新大阪に向かった。風は強かったが、空は青く晴れわたり、多摩川を渡る車窓からの風景は、木々の若葉と河川敷の芝生のわずかな緑から、本格的な春の到来を感じさせた。

熱海を過ぎ、長いトンネルを抜けて三島駅を通過すると、それまで愛鷹山にさえぎられて見ることのできなかった富士山が姿を現し、その荘厳で雄大な全容が視界一杯に広がった。

しかし、それも束の間、いくつもの煙突から煙をたなびかせる製紙工場群を過ぎ、川を渡り、短いトンネルをくぐると、もう富士山は見えなくなった。

そのとき私は、この高速で走る新幹線に並行して通じている旧東海道を、わずかひと月前に亡くなった伯父が丹念に歩いたことを思いだしていた。

伯父は、武士であり俳人だった子葉《しょう》の紀行文を追体験するために、エッセーを書き、スケッチをしながら、徒歩の旅を続けた。

そんな伯父の旅姿を頭に浮かべながら、家が貧乏だった私は、伯父の教えと支援がなければ、大学を卒業し、希望するコンピュータメーカーに就職することなど、とてもできなかったのだと、あらためて思い、感謝の気持ちで胸が一杯になった。

そのためにも伯父が生前に果たせなかった、子葉の旅の終着点でのスケッチを、自分が描かねばならないという強い使命感にかられていた。

二つの顔を持つことでしか生きることのできなかった伯父、戦中も戦後も二つに引き裂かれて生きねばならなかった伯父、甥である自分にさえ水面下に隠れた顔を見せることのできなかった伯父、そんな孤独な伯父に、自分のできる唯一の恩返しが、スケッチを描くことだと思った。

やがて、奥深く広がる群青色の浜名湖が見えてきた。

新幹線は、浜名湖の上を滑るように走っていく。

その湖面を波打つ無数のさざ波を見つめるうちに、私の脳裏には、伯父との懐かしい日々が次々に蘇ってきた。

第一章　伯父の教え

私は、伯父から多くのことを学んできた。

伯父は生涯独身だった。四人兄弟の長男だった伯父は、多くの甥や姪の中で、どういうわけか私だけを、幼い頃から可愛がってくれた。

伯父は商社マンで、一年の半分以上は東南アジアやインドに駐在していた。そのため伯父に会えるのは、多くても一年に五回を超えることはなかった。

このように日本にいる時間は少なかったが、多趣味な伯父は、将棋を指し、風景画を描くことが好きだった。私が初段とはいえ有段者になれたのも、日本画が好きになり、自分でも描き、絵画論を語れるようになったのも、伯父のわかりやすい教育のお陰だった。

伯父は教える際に、いつも「人に頼らず、自分の頭で考え抜け！」としか言わず、決して口うるさく細かく指導することはなかった。


あの日は確か小学校六年の夏休み前の日曜日だったと記憶しているが、伯父から将棋の駒の進め方の基本を教わった。口数は少ないが的確な粘り強いアドバイスもあり、半日もたつと、どうにか打てるようになった。

すると伯父は、『詰め将棋百問』という本を書斎から持ってきて机の上に置いた。

「誠也《せいや》、私は明日から海外出張で日本にいない。三か月後には帰国するから、それまでに答えを見ないで自分で解いてみろ！　どれだけ解けるようになるか楽しみにしているぞ」

と言うと、一点の影もない明るい顔でにっこり笑った。

そんなことから、この年の夏休みは、学校の宿題以外には、友達との遊びもプール教室も控え目にして、時間の余裕をつくり、詰め将棋に夢中で取り組んだ。しかし夏休みが終わっても、十二問しか解くことができなかった。そのため、これ以上解けそうもないと、あきらめてしまった。

九月になると、小学校の授業が始まり、平日は授業後に、休日も朝から日が暮れるまで、友達と夢中になって草野球に興じるようになり、『詰め将棋百問』は、勉強机の脇に置かれてはいたが、開かれることはなかった。

しかし何もしなくても、月日だけは確実に経過していく。

十月の運動会も終わり、爽やかな秋風が吹く日が続く頃、帰国した伯父から、

「今度の休みに来ないか。誠也の誕生日会をやろう」

という嬉しい誘いの電話があった。しかし『詰め将棋百問』のでき具合を聞かれると思った私は、浮かない顔になった。

そんな私を見て、母は怒り出し、

「なんだい！　不満そうな顔をして。伯父さんが声をかけてくれるのは、親戚の中でお前だけなんだよ。それに、お前の誕生日を祝ってくれると言ってくれたんだろ。だったら、今度の日曜日には、必ず行かなきゃだめだよ！」

と、決めつけられてしまった。

私の誕生日は、十月二十三日だった。その日は二十日だったが、伯父が祝ってくれるというので、

『詰め将棋百問』と十二問の解答しか書けていないノートをリュックサックに入れて、伯父の家に出掛けた。伯父の家は、歩いても十分かからないところにあったので、重い足取りだったが約束の十時前には着いてしまった。

「よく来たな」

伯父は笑顔で居間に迎え入れてくれた。

私がおずおずと、リュックから『詰め将棋百問』と解答を書いたノートを差し出すと、伯父はこれまで見せたことのない真剣な表情で、ノートを読み始めた。伯父があまりに時間をかけてノートを見入っているので、いたたまれなくなった私は、つい

「十二問しか解けませんでした」

と言ってしまった。すると伯父は、

「男子たるもの自分でやったことに、結果がどうあれ言い訳をしてはいけない」

と厳しい表情で諭してきた。しかし、すぐにいつもの温厚な表情に戻り、

「よく十二問も解けたな。しかも自分で考え抜いて解答を導き出している。もっと努力すれば、ぐんぐん上達する。それに解答が付いているのに、よく見ずに耐えたな。誠也に克己心があることがわかって、嬉しいよ」

伯父はそう言いながら立ち上がると、隣室から将棋盤を持ってきた。

「なかなか筋がよさそうなので、一局、打ってみるか」

と言って、すぐに駒を並べ始めたので、私も駒を並べざるをえなかった。

伯父は飛車角落ちのハンディをつけてくれたが、全く歯が立たなかった。

打ちひしがれた気持ちでいると、伯父はそれを察したのか、励ましてくれた。

「最初にしては、よく考えながら打っていた。将棋は、ゲームとはいえ高度な〝情報戦〟だよ」

　私が言葉の意味がわからず怪訝そうにしていると、伯父は詳しく説明してくれた。

「難しい言葉を使ってしまったな。簡単に言うと、自分が打つ手も、相手が打つ手もいくつもある。将棋は、常に先を予測して最善の手を打っていかねばならないゲームだ。一手先でどう盤面が変わるかはわかるかもしれないが、何手も先まで見通すことは、とても難しい。なぜなら相手の持ち駒も変わり、相手の打ち手もいくつもあるからだ。だから二手先、三手先と先を読もうとすればするほど選択の数は増え、そのぶん全ての選択を予想しようとすると〝見えない情報〟がものすごい量に達し、その中から最善の手を選択しなければ勝てない、過酷な情報戦争となる。だから〝情報戦〟という言葉を使ったのだ」

「わかりました」

　私が納得した表情で応えると、伯父は実践的な将棋上達法に話題を転じた。

「ところで将棋を打つ友達はいるのか」

「クラスで三人はいるよ」

「だったら、〝情報戦〟だと思って、友達と将棋を指してみなさい。それから何度か対戦していくと、相手の打ち方の特徴がわかってくる。孫子も言っているが、敵を知り己を知ることが、戦争に勝つための基本だ。そうした対戦で自らを鍛え、この詰め将棋の百問が全て解けるようになれば、必ず初段になれるぞ」

　伯父のアドバイスに自信を得て、友達と何度も対戦した私は、『詰め将棋百問』が全て解けた中学二年の冬には、初段の免許をとることができた。

しかし伯父は、アマチュアとはいえ三段だったため、初段になっても、とても太刀打ちできなかった。

対局を終えたあと、伯父から

「横浜で、海を見ながら食事でもするか」

と、さりげない口調で誘われた。

おしゃれな伯父は、ライトブルーのブレザーを着ると、私鉄の池上線に乗り、蒲田で京浜東北線に乗り替え、桜木町に向かった。

空にはわずかにうろこ雲が見られたが、この日は快晴で、爽やかな風が吹く絶好の行楽日和だった。車中で伯父は本を読んでいたため、手持無沙汰の私は、車窓から見える移りゆく秋の景色をぼんやりと眺めていた。

すると先程の〝情報戦〟という伯父の言葉が、妙に気になってきた。

というのは、伯父は戦争には行っていないと知っていたからだった。伯父は、戦争中も招集されることなく商社マンとして東南アジアで仕事をしていたと聞いていた。だから、戦場で戦わなかった伯父が、将棋にまで〝情報戦〟という言葉を使ったことに強い違和感を覚えた。

しかし熱心に読書をする伯父に、そのことを話すのはためらわれた。

電車は多摩川の鉄橋を越え、川崎、鶴見を通過し、横浜駅に停車した。再び電車が動きだすと、伯父はようやく本を閉じ、読むのをやめた。

「伯父さん、何の本を読んでいるの?」

「俳句を学ぼうとして、俳句入門の本を読んでいるんだよ。でも私にはセンスがないのか、俳句をつくることはできそうもないね」

伯父は苦笑いしながら、自嘲気味に言った。

「それでも俳句を学ばねばならないのですか？」

私が素朴な疑問を投げかけると、伯父は黙りこんだ。


桜木町の駅を降り、何もしゃべらずにしばらく歩いていくと、左側に青い海が見え、さまざまな形の貨物船が係留される、港ヨコハマの風景が広がっていった。

伯父もこの美しい景観に気分が高揚したのか、ようやく私の疑問に答えた。

「芭蕉と交流のあった水間沾徳《みずませんとく》の弟子にあたる子葉という俳人の本を読もうと思っているのだ。子葉は武士だったが、俳人として名をなしていた。私の定年後の夢は、子葉が参勤交代の折に書いた、俳句を織り込んだ紀行文の旅を追体験することだ。そのためには、子葉の俳句を正しく読めなければならない。そうすれば子葉が詠んだ風景をスケッチできるからね。そのためのスケッチ旅行を、今から楽しみにしている」

と言って、伯父は顔を綻ばせた。

さらに歩いていくと交差点があり、右に曲がって坂道を三分程度で登りきると、白壁に囲まれた瀟洒なレストランの前に出た。

伯父が受付で予約していることを告げると、ブロンドの長い髪を束ねた青い瞳のウェイトレスが、洗練された所作で海側のテーブルへと案内してくれた。

そこからは横浜港が一望でき、快晴の秋空の下で、青い海が水平線の彼方まで広がっていた。そして桟橋に巨大な客船が係留され、いくつもの貨物船が、港を行き交うのが見えた。

私が港ヨコハマの全景のあまりの美しさに言葉を失って立ちつくしていると、伯父は、

「まあ座れ」

と言って、感動している私に満足げな顔になった。

伯父の座った場所の先にも青い海が広がっているのが見え、そのとき、服装に関心のない私でも、伯父はこの風景に合わせてライトブルーのブレザーを着用してきたのだと推測することができた。

伯父は、背が高く、彫りの深い顔をした美男だったため、このフランスにいるようなレストランの雰囲気に、自然に溶け込んでいた。

外人のウェイトレスが笑顔で近づいてくると、伯父は静かに口を開いた。

「今日は誠也の誕生日のお祝いということで、フランス料理のフルコースを御馳走するよ」

「ええ！　ぼくはフランス料理なんて食べたことないよ」

私は動揺し、困った顔をした。

というのも、ナイフやフォーク、それにスプーンの使い方さえ、全く知らなかったからだった。

しかも、伯父の洗練された服装と本革の重厚な靴とは対照的に、私は普段着で薄汚れたリュックサックというういでたちだったため、自分の全てが場違いで、みじめな気持ちになっていた。

勘のいい伯父は、そんな私の気持ちを察知したのか、すぐに助け舟をだしてくれた。

「フランス料理の食事のマナーは、全て伯父さんが教えてあげるから、安心しなさい」

そう言うと、後ろに控えていたウェイトレスが差し出したメニューを見ながら、流暢なフランス語で、コース料理と飲み物を注文した。

料理が運ばれてくると、私は伯父に教えてもらった通りに、オードブルにはじまり、スープからメインディッシュまで、ナイフとフォークとスプーンを使って作法通りに食事をすることができ、

それぞれの美味しさを堪能し、満ち足りた気持ちになった。

コース料理が終わりかける頃には夕暮れ時になり、これから視界に広がる美しい幻想的な夜景を暗示するように、港ヨコハマの埠頭のライトがつき、街の灯が次々にともり始めていた。

しばらくすると、芸術品のような色鮮やかなデザートが運ばれてきたが、伯父はフォークを取ろうとせず、鞄から洒落た包装の包みを取り出し、

「これは、私からのプレゼントだ。中を見てみなさい」

と言って、私に手渡した。

包装紙を開けると、中身は英英辞典だった。

伯父は語学が得意で、英語・フランス語・中国語を流暢に話すことができた。

「誠也！　来年の四月からは、おまえもいよいよ中学生だ。そして中学では英語を習うことになる。将来どういう仕事をするにせよ、国際人になることが、これからはビジネスパーソンの必要条件となるだろう。そのためには、英語ができることが必須となる。英語上達の秘訣は、日本語に訳さず、全て英語で考え、読み、書き、話すことだ。その強力な武器となるのが、この英英辞典だ。最初は、使いこなすのが難しい武器だが、必ず役立つと思うよ」

そう説明され、辞典を何ページか開いてみたが、日本語は一つもなく全て英語で埋め尽くされていて、私には、理解不能な記号の並ぶ暗号書のようにしか見えなかった。

そのため嬉しい気持ちになれなかったが、お礼は言わねばならないと思った。

「伯父さん、誕生日プレゼント、ありがとうございます」

戸惑いながらも、ぎこちなくお礼を言って頭を下げると、その表情が面白かったのか、伯父は笑いながら言った。

「〝読書百遍、意自ずから通ず〟と思って、粘り強く使いこなす努力をすることだ」

結局、私は会社勤めをして以降も、伯父ほどには流暢に英会話ができるようにはならなかった。就職できたのがコンピューターメーカーだったため、最初はセールスエンジニア部門に配属された。その後、海外部門に配置換えとなったが、海外ビジネスをこなすことができたのは、あのときの伯父からのプレゼントが役に立ったのだと懐かしく思いだす。私の本棚の片隅には、ボロボロになった英英辞典が今でも並んでいる。

◇　◇　◇　◇

中学生になる頃には思春期となり、親や大人から距離をおくようになる。むろん私も例外ではなかった。

私の家は四人家族で、父母と六歳年上の兄と暮らしていた。

父は中堅の食品会社に勤めており、この頃には海外部長となっていたが、会社自体の業績が振るわず、賞与だけでなく給与もカットされ、経済的に困窮するようになっていた。加えて、持病の糖尿病が体を蝕み、出勤するのがやっとの状態だった。そのため、母が子ども服を作る内職をして、家計を支えねばならなかった。

かつては笑いにあふれた仲の良い家族だったが、明るさが少しづつ消えるようになり、ぎすぎすとした雰囲気が家の中を覆うようになっていった。

当時、テレビのドラマや宣伝では、高度成長の恩恵に浴し、経済的に豊かでアメリカナイズされたニューファミリーの様子が盛んに放映されていたが、私の家は無縁な存在だった。

しかも兄は、ストレートで国立大学の医学部に合格したまではよかったが、一九六〇年代の後半から起こった学生運動に巻き込まれ、いつしか先頭に立ってベトナム反戦運動をリードするようになっていた。

父は、兄がヘルメットをかぶり、角材で武装して街頭闘争に参加していることに激怒した。

父と兄は、何度も激しく親子喧嘩を繰り返していたが、ある日、全く言うことを聞かない兄に業を煮やし、もの凄い形相で怒鳴りつけた。

「正人《まさと》、お前は勘当だ！　家から出ていけ！」

兄も負けずに、

「こっちこそ出ていってやるよ！」

と言い放って、おろおろする母を無視して私物をまとめると、家から出ていった。

私は、一方的に兄の非をあげつらい、怒鳴り続けるだけの父に、反発を覚えた。


それ以降、父は頑なに兄のことを話題にしなくなった。兄は、私だけには時たま電話をしてきた。同志である複数の友人の下宿を渡り歩いているようだった。

母は、兄にはアルバイト代しか収入がないため、自力では学費を払えないのではないかと心配し続けた。その心配が高じて、伯父が帰国していることを電話で確認すると、私を連れて伯父の家を訪ねた。

そして母は、必ず返すという条件で、おずおずと学費の支援をお願いした。

「わかった。正人の学費は全面的に支援しよう。私には女房も子どももいないので返す必要はないが、誇り高い正人は返すという条件がなければ学費を受け取らないだろうから、そういう条件にするか」

と即答してくれたので、母は平身低頭して目に涙をためていた。私も「これで兄は救われる」と思い、自然と頭を下げていた。

するとと伯父は、父や私の将来についても言及し始めた。

「猛男《たけお》も、会社が不振でこれから経済的に苦しいだろうな。それに、糖尿病の悪化という不安要素もかかえている。誠也は、もともと私が名付け親だし、そこそこ成績も良いと聞いている。だから誠也の高校、大学の学費も、私が出そう。だが、猛男がこのことを知れば断ろうとするだろうから、私が甥たちの学費を一時的に立て替えるということにしよう」

この全く予想しなかった気配りのある提案に、母はただただ頭を下げ続けるだけだった。

私は、経済的な理由で進学が難しくなるのではないかと不安を感じ始めていたので、自分で「ちゃっかりしているな」とは思いながらも、

「伯父さん、ありがとうございます」

とすぐに言って、深々と頭を下げ、感謝の気持ちを表した。

第二章　伯父の知りえない過去

　このこともあって、その後も伯父だけは、私にとっての大人の理想像であり続けた。しかし、年を経るにつれて、伯父も自分の全く知りえない世界を持っているのではないかと思うようになった。

　きっかけは、中学二年の正月、祖父の家で行われる恒例の新年会だった。

　祖父は会津の出身で、苦学して国鉄に入り、踏切の開発・設計を担当するエンジニアとして名をなした、よく言えば気骨ある明治人だった。

　祖父の祖父とその弟は会津の下級武士で、戊辰戦争で戦死していた。

　祖父はそのことを常に親から聞かされていたからか、私が小学生の頃、毎年のように孫九人全員を集めて教訓めいた話を聞かせようとした。

「お前たちの先祖は会津武士であり、会津魂を忘れてはいけない」

「会津は賊軍となってしまったのだから、人の倍以上の努力をして勉学にはげまなければならない」

　祖父の話はその時々で細部は変わることはあったが、この二つの教訓の骨子は変わることはなく、最後に孫たちを激励するつもりだったのか、紙に包んだお金を渡してくれた。

　後年、その金額が、男の子は二千円、女の子は千円だったことが判明し、従姉妹たちが「祖父は女性差別をしていた」と強く非難していたことを覚えている。

　私は、祖父が普段は極端に寡黙な人だったことを考慮すると、孫たちに自分たちのルーツを教え、精一杯元気づけ、誇りを持たせようとしたのかもしれないと好意的に解釈していた。

祖父は、毎年の新年会でも、ほとんどしゃべらず、黙々と日本酒を飲むだけだった。しかし、その正月だけは違っていた。

何がきっかけだったのかは忘れたが、酔いが回ったことも影響して、大人たちの口から、次々と戦争の体験談が語られた。

祖父の次男である賢次《けんじ》伯父は、フィリピンのルソン島での悲惨な退却戦の苦労を淡々と語った。三男の大三郎《だいざぶろう》伯父からは、戦艦大和の沖縄出撃の際に、軽巡洋艦の矢矧《やはぎ》に砲撃手として乗船していたが、大和と共に撃沈され、しばらく漂流して、もうだめかなと思ったときに、かろうじて撃沈されなかった駆逐艦雪風に救助されたことが語られた。

四男の父・猛男からは、中国での最後の大作戦だった大陸打通作戦の行軍中に、祖父の末弟で中尉だった叔父と偶然出会い、運命的なものを感じたことが語られた。その直後に末弟の叔父は戦死したそうだ。父は無神論者だったが「神様が会わせてくれたのかもしれない」と哀しそうな表情で語った。

しかし、殺し殺される戦闘シーンのことは、三人とも決して語ろうとはしなかった。

長兄である勲伯父だけは、この年もアジアに出張していたため不在だった。祖父は、そのことをあらためて不快に思ったのか、不機嫌そうに口を開いた。

「わしは年だから戦場に駆り出されることはなかったが、B29の空襲で、我が家は全焼した。それに加えて敗戦直後のインフレで、それまで蓄えてきた貯金の貨幣価値が急落して、家を新たに建てるのに四苦八苦して、ほんとうに苦労したよ。しかしお前たちは招集され、戦場で地獄の苦しみを体験し、わしの苦労など及びもつかない大変な苦労をしたんだな。

それに比べて勲は、戦争中もアジアで商売を続けていたそうじゃないか。いくら商売がうまくできるからって招集されないのも、不公平だし、不可解な話だな」

さらに顔をしかめながら、

「しかも、軍人にならなかった報いなのか、終戦後四年間もビルマに拘留されて帰ってきた。それに、帰国して商社マンとして復職できたのだから、『結婚しろ！』といくら言っても暖簾に腕押しだし、今年もアジアに行ったきり、何の音沙汰もない」

とまで言った。

そのなじるような言い方に、今まで黙っていた祖母が、猛然と反論してきた。

「何を言ってんだい！　勲は軍人でもないのに、四年間も、ビルマの収容所で拘束され続けたんだよ！　そもそも勲には、戦争前に結婚まで約束した美千代《みちよ》さんという女性がいたんだ。美千代さんは、古風で何事も控えめな美人だが、自分の考えを持っていて、芯の強い娘だった。一度だけ二人で挨拶に来たが、美千代さんが勲を慕っていること、勲も美千代さんを生涯の伴侶にしようとしていることは、はっきりわかったよ。二人は、いつ結婚してもおかしくない相思相愛のカップルだったんだよ。

しかし勲が、戦争が始まる前の年からずっと行方不明で、戦後も帰国しなかったから、死んだと思われてしまった。美千代さんは、それでも辛抱強く待っていたが、十年近く何の音沙汰もないし、彼女の両親の強い勧めもあって、あきらめざるをえず、ついに別な男と結婚しちまったんだ。

あんたは、そのことを忘れたのかい！」

祖母は、物凄い剣幕で、祖父を非難した。

祖母の父親は、明治時代の東京では有名な博徒の親分だった。祖母は、その血を受け継いだのか、きっぷのよい性格だったが、負けん気が強く、気性の激しい面もあった。

この祖母の迫力に祖父は黙り込み、新年会全体も、一瞬のうちに凍りついたような雰囲気になった。親族全員が飲み食いすることもなくなり、しばらく沈黙が支配した。

大好きな勲伯父さんの初めて聞く話に私はひどく動転していたが、中学生になって大人の世界がわかりかけていただけに「このままでは、まずいな」とも思っていると、父が両親をとりなすように言った。

「父さん！　私も中国の収容所に二年近く拘束されていたからわかるが、敗戦して捕虜になった兵隊は惨めなものだ。ましてや兄さんは、兵隊でも将校でもなかったのに、四年間もビルマでイギリス軍に拘束され続けていたのだから、口では言い表せないような苦労をしてきたのだと思うよ。そして、ようやく帰国したら、結婚を約束した女性が別な男と結婚していたんだ。そのことを知ったときの兄さんの気持ちを、考えてくれよ」

しかし祖父は、父の発言を無視し、普段より酔いが回ったせいか、今度は、父に矛先を向け始めた。

「猛男！　それよりお前は、正人を勘当したらしいな。なぜそんなことをした！　未熟かもしれないが、純粋に理想に燃えて社会を変革しようと思っているのだから、大目にみてやらなきゃだめだぞ！」

祖父の発言は、私には全く意外だっただけに「爺さんは正しい」と素直に賛同できたが、父は突然に態度を硬化させ、祖父をにらみつけて何か言おうとした。

その日は空も晴れ、風もなく、いつもの年より暖かく穏やかな日和だったが、屋外の天候とは対照的に、家の中の新年会はさらに荒れ続けそうだった。

そのことを察知したのか、日頃から父と仲の良い三男の大三郎伯父が、父の発言を封じるために、勲伯父さんの話題に戻して、素早く取り持つような発言をした。

「俺が考えるに、勲兄さんは、その美千代さんを、心の底から愛していたんだよ。だから別の女性と結婚する気になれないんじゃないかな。商社マンとして、アジアで懸命に仕事をするのも、そのことを忘れたいからかもしれない。父さんは、もともとやさしい性格なんだから、勲兄さんのその気持ちを理解できると思うんだがなあ……」

伯父はいつもと違って、あくまで穏やかなゆっくりとした口調で、包み込むように諭したので、祖父はもとの寡黙な老人に戻った。

しかし、祖父がおとなしくなったまではよかったが、すぐにその伯父の発言に反発するように、祖母が横槍を入れてきた。

「それじゃあ、私はやさしくないのかい！」

「母さんのことは、まだ言ってないじゃないか。母さんは、一見恐そうに見える。でも母さんも、ほんとうはやさしいんだということは、兄弟全員わかっているよ。俺が矢矧から海に投げ出されて死ぬかと思ったときに、思い出したのは母さんだよ」

と、しんみりと言った。

するとと祖母は満足そうに言った。

「まったく、大三郎は口がうまいからね」

この大三郎伯父の機転で宴席の雰囲気は再び和やかになり、新年会は無事に終わった。

祖父の家を出ると、冬の夕暮れは足早に過ぎようとしていた。

すでにあたりは暗くなって急に冷え込んできており、父は名残惜しくなったのか、大三郎伯父に、

「兄さん、うちで飲もう」

と誘った。伯父もそのつもりでいたのか快諾し、自宅に着くなり、父と伯父は飲み始めた。

私は同席する気になれず、自室にこもり、今日の新年会での親族の会話を思い出していた。そうすると、戦争がいかに多くの犠牲者を出すのかがあらためて思い出され、陰鬱な気分になり、ため息が出た。

それに、たとえ死にいたらなくても、多くの人々の内面をズタズタに引き裂き、生涯、人に語ることのできない心の傷を背負わせるのが戦争なのだと思った。

そう思ったとき、過去のいくつかの情景が脳裏を掠める中で、兄の本棚にあった井上光晴の小説の「極度の不幸は沈黙である」というフレーズが、戦争を経験した多くの人々にあてはまるのだと強く感じた。

その一つの情景が、我が家の日常の中にもあったことが思い出された。

◇　◇　◇　◇

私が小学生高学年の頃、「コンバット」という戦争ドラマが大ヒットしたが、私もその番組を見ることをいつも楽しみにしていた。しかし、あるとき、夢中になってその番組を見ていると、いきなり父が、不機嫌そうにテレビのスイッチを切ったのだ。

私は、びっくりして父に抗議した。

「父さん、なんで消すんだよう。せっかく、迫力のある戦闘シーンが始まるところだったのに」

「迫力のある戦闘シーンだと！　この番組の戦闘シーンは、全て嘘っぱちだ！　本当の戦闘は、実弾が飛び交い、死の恐怖におびえながら必死に戦う。戦闘前まで元気だった戦友が、敵弾に撃たれると、次の瞬間には、何もしゃべらないむくろとなってしまう。それが戦闘の実態なのだ。敵弾に打たれた戦友がどんなに惨たらしい姿で死んでいくのか、お前は何も知らないだろう！」

そう言われると、それ以上抗議できなかった。私が黙っていると、

「そんな地獄のような戦闘で、多くの戦友たちが死んでいった。だから我が中隊は、八路軍《はちろぐん》のゲリラが潜伏する村を包囲して、戦友たちの仇討ちとばかりに……」

そこまで言った父は、はっとした表情で顔を歪めると、貝のように口を閉ざし、何も言わなくなった。

たぶん、その村の住民は、父のいた中隊によって全員殺されたのだ。私は、絶対に聞いてはいけないことを聞いてしまったと思った。

それ以来、「コンバット」を見る気がしなくなり、友人達の話題に加わることもなくなった。戦争の惨禍による極度の不幸がもたらす沈黙と心の傷は、戦争を知らない平和を謳歌できる我々若い世代が知らないだけで、多くの戦中派世代の心の底にわだかまっていた。

そのことを、図らずも私は、父との会話の中に垣間見たのだった。

◇　◇　◇　◇

そんな回想をしていると、私の理想像だった伯父も、極度の不幸がもたらす沈黙の中にいることが、はっきりとわかってきた。

伯父がビルマに四年間もの長期にわたり拘留されていたこと、しかも戦前に結婚を約束した女性

がいたが、日本に帰ってみると、その女性が別な男性と結婚していたこと、だから今も独身なのだということを初めて知って、私は、いきなり木刀で頭を殴られたような衝撃を受けた。

感情の昂りが収まると、私が知っている伯父は、氷山で言えば海面上に見えている部分だけで、海面下にある部分を私は全く知らず、実はその見えない部分が、ものすごく大きいように思えてきた。

私の頭の中で描かれている伯父の理想像は上っ面でしかなく、伯父の全体像は、中学生に過ぎない私の創造の範囲をはるかに超えた、私の全く知らない軌跡を歩んで作られたものなのかもしれない……。

しかし不思議なことに、そのように思っても、伯父に裏切られたとか、疑惑を感じるようなことはなかった。

むしろ私の見えない部分を持つ伯父――一切の過去を語らずにポーカーフェイスでいる伯父が、なぜか深みのあるミステリアスな存在に思えてきて、より伯父を知りたいという抑えがたい好奇心が頭をもたげてきた。


私がそんな思索にふけっている間も、大三郎伯父と父は、豪快な笑い声を何度も発していた。

小柄だが外人と間違えられるようなハンサムな顔の大三郎伯父は、型破りな人生を歩んでいた。

戦前は教師を目指してまじめに師範学校に通っていたが、途中からボクシングに夢中になり、両親の制止も聞かず「プロボクサーになる」と言って突然に家出をし、銀座のバーのホステスと同棲していたらしい。

戦中は海軍水兵として、大和の沖縄特攻作戦やレイテ沖海戦など、九死に一生を得るほどの悲惨な体験を何度もしていた。

しかし戦後、海軍から復員すると、敗戦直後の混乱期に闇市の顔役となって商売人として頭角をあらわし、大儲けした。派手な背広で葉巻をくゆらせ、外車を乗り回す、その羽振りのよさは、銀座界隈で有名だったらしい。ところが、治安が安定するようになると、違法行為に手をそめていた大三郎伯父の会社は、あっけなく倒産してしまった。

以降は、ごく普通のサラリーマンとなり、現在の妻である伯母と結婚し、二人の息子と二人の娘をもうけ、堅実な生活を営んでいた。

大三郎伯父は千葉の団地に住んでいたので、九時過ぎには我が家を出ようとした。母がお土産として、酒好きの伯父に辛口の日本酒を用意していたため、

「誠也！　兄さんを駅まで送っていってくれ」

と指示する父の声が玄関から聞こえた。

私は、大三郎伯父の、およそ優等生的でないからっとした不良っぽさ、無鉄砲すぎて結果として波乱万丈となってしまう大胆な生き方に好感を持っていた。

そんな生き方だからこそ、祖父から、

「まじめにやっとるだろうな？　子どもが四人もいるのだから、堅実に仕事をしなければだめだぞ！」

と怒られるように諭されているのを何度か見たが、普段と違って神妙な顔で正座している大三郎伯父の顔を見るのが、私は好きだった。

私は喜々として日本酒を持つと、大三郎伯父と駅まで歩いた。

暗い夜道でも、伯父は陽気にしゃべり続けた。

「誠也は、喧嘩が強いらしいな。おまえが子どもの頃、喧嘩に負けて泣きながら帰ってくると、『もう一度、相手の家に行って勝ってこい！』と言って追い返したら、実際に勝って帰ったことがあると猛男から聞いたぞ！　しかも小学生の頃は、がき大将だったらしいな」

「一度だけ、負けた相手の家に行き、呼び出して勝ったことがあるが、それ以外は相手が家から出てこなかっただけだよ。父さんも、そこまで確認しなかったしね。でも、がき大将といっても、弱い者いじめは一度もしていないよ」

「そんなふうにさらりと言ってのける誠也は、格闘技に向いているな。もしかすると俺も誠也も、博徒の家で育った母さんの血を引いているのかもしれないな。俺はなれなかったが、ボクサーになったらチャンピオンになれるかもしれんぞ。俺のかなえられなかったチャンピオンベルトをつける夢を、実現してくれよ」

大三郎伯父は、気分が高揚するような冗談を次々に言って、会話を楽しんでいた。しかし、よほど酒に強いのか、足取りはしっかりしていた。

駅の改札に着くと、表情をあらためて、意外なことを言った。

「誠也は、今日の新年会で、勲兄さんが四年間もビルマに拘留されていた話を聞いて、驚いたろう。そのことを、もっと知りたいんじゃないか？」

私はうなずいた。

「だったら、家の近くのパン屋のオヤジに聞いてみな」

「あの〝ビルマ〟というあだ名の店長ですか？」

「そうそう、あの店長だよ。〝ビルマ〟というあだ名は、ビルマでイギリス軍の捕虜だったからだよ。あのオヤジが、収容所で勲兄さんを見たと言っているらしい」

私が驚いた顔をすると、

「勲兄さんは、イギリス軍の捕虜だったことを、自分からは話したがらないからな」

そう言って、お土産の酒を受け取り、

「あまり真剣に勉強することはないぞ！」

と大三郎伯父らしく言うと、いきなり私の手を取って力強く握手し、ちょうどホームに到着した池上線に乗り込んでいった。


翌日から〝ビルマ〟というあだ名のパン屋の店長から、いかに伯父のことを聞きだそうか、思い悩んだ。というのも、店長はお客に対しては愛想がいいのだが、競馬や麻雀といった賭け事にのめりこんでいて金に汚いと、近所の評判がよくなかったからだった。だから、突然に伯父のことを尋ねても、まともに答えてくれないように感じた。

そこで自分なりに知恵を絞って、菓子パンを多く買うことで店長の好感を得ること、客の混む忙しい時間帯を外して店に行けば、あるいは話してくれるかもしれないと思いついた。

正月明けの開店日である四日の午後三時、パン屋の中に入った。想定通り、店内に客はいなかった。すぐに店長が明るい声で、

「いらっしゃい」

と、笑顔で言った。

「パン一斤と、アンパンとカレーパン、それにコロッケパンください」

「すまないなあー。カレーパンは売り切れてないんだよ」

「だったらコロッケパンを二つにしてください」

料金を支払い、袋に入れてくれたパンを受け取ると、この機を逃してはならないと意を決した私は、おもむろに切りだした。

「ところで今日は、聞きたいことがあるんですけど……」

そう言うと店長は、やや警戒した顔になったが、

「なんだい。言ってみなよ」

と言うので、一番聞きたかった質問をしてみた。

「店長さんは、ビルマの収容所で、伯父を見たと言っていると聞いたのだけれども」

「ああ、この道のずっと先の角の家に住む、背の高いハンサムな人のことかい？ ……そうか、君はあの人の甥なのか」

「そうです」

「俺はあのイギリス軍の収容所で三年間もひどい目にあってきたんで、あまり語りたくないんだがなあ……」

焦りは禁物だと思い、沈黙に耐え、店長を見つめ続けた。しばらくしても頑なに動こうとしない私にプレッシャーを感じたのか、再び店長は口を開いた。

「今よりずっと痩せていたし、他人の空似ということもあるから、確信が持てないんだが……でも間違いなく君の伯父さんだったと思うよ」

「伯父は商社マンだったのに、なぜ収容所で捕虜になっていたのでしょうか？」

「それは俺もわからんよ。ただ君の伯父さんは、陸軍の将校でも兵隊でもなかったよ。たぶん軍属か民間人だったんじゃないかな。ぼろぼろになっていたが背広を着ていたし、髪が伸びていたからね。俺は、普段は収容所外の作業に駆り出されていたので二度しか見ていないが、俺が作業に駆り

出されたときにも、何度もイギリス軍の将校の尋問を受けていたようだよ。尋問はいつも長時間で、俺も一度、尋問を終えて戻ってくるのを見かけたが、よれよれで歩くのがやっとの状態で、かわいそうだったな……。

その後、伯父さんは刑務所送りになった。俺は、昭和二十三年の最後の引揚船でようやく帰国できたが、その船に伯父さんはいなかったな」

強い衝撃を受けた私は、激しい口調で店長を問い詰めた。

「なぜ、民間人なのに捕虜にされ、何度も尋問されなければならなかったのでしょうか？」

「そんな非難するような言い方をされても、俺にはわからんよ。そもそも俺も捕虜で被害者なんだからな。これ以上のことは、伯父さんに聞いてみるんだな。もう二度と、ビルマのことは話したくないな！」

そうきっぱりと言われ、店を出ていかざるをえなかった。

伯父が帰国したのは、二月も半ばを過ぎ、近所にある公園の梅の木々に白や赤の花が咲き、春の気配を感じさせる時期だった。その数日前に大雪が降り、梅の木にも雪が積もった。翌日からは晴天が続いたため、再び梅の花を観賞できたが、陽当たりのよくない場所には雪が残っていた。

伯父は祖父との折り合いが悪いためか、帰国するといつものように、まず我が家に連絡してきた。

そして私に会いたいらしく、

「受験勉強のコツを教えてやるから、今度の日曜日に来ないか」

との誘いがあったと、母から聞いた。

私も、パン屋の店長に聞いた話をより詳しく知りたかったので、すぐにでも伯父に会いたいと思った。

母は、その後すぐに祖母に電話をしたようだった。

祖母は、伯父が在宅しているその週の休みの前に、粋な匠の技を伝承している日本橋の老舗料亭の折詰を注文したので、私に持っていってほしいと言ってきた。

その週の日曜日に、母の手作りの日本料理を持って、祖父母の家に立ち寄った。台所で風呂敷に包まれた折詰を、祖母から受け取ろうとしていると、珍しく祖父が顔を出し、私の方を向いて、ぼそっと言った。

「勲が帰国したのか？」

その言い方に祖母は、激怒し、まくしたてた。

「あんたが、勲に会うたびに、今さら言ってもしょうがない過去のことをあげつらって、文句ばかり言うもんだから、家に寄り付かないんだよ。そのことをわかってんのかい！」

しかし祖父は、祖母の発言を無視して、意外なことを言い出した。

「正人は、元気でいるのか？」

私は戸惑ったが、すぐに答えた。

「たまに電話をしてくるけど、元気そうだよ」

「相変わらず学生運動を続けているのか？」

「続けているみたいだよ」

祖父は非難がましいことは一言も発せず、心配そうな顔をして黙り込んだ。

「あんた！　孫の心配をするのはいいけど、正人は暴力学生なんだよ！　それより長男の勲が帰ってきたのだから、ひとことくらい伝言はないのかね」

そう怒鳴りまくるのが一段落すると、私がいたのに気付き、

「じゃあ頼んだよ。勲によろしく伝えておくれ」

と言って、私を送りだした。

台所を出ると、再び祖母の罵声が屋外にも聞こえてきた。

「あんたには、情というものがあるのかね！　この朴念仁が！」

私は、兄を暴力学生と決めつけた祖母の発言が許せなかった。祖母だって暴力をふるうことを辞さない博徒の親分の娘だったじゃないかと、強く反発する気持ちになっていた。

やりきれない気持ちで庭を歩いていると、残雪の中に柿の木があり、小学生に入学したばかりの頃の記憶が蘇ってきた。

◇　◇　◇　◇

祖父の家の庭には柿の木が二本あり、秋になると数えられないほどの柿が、枝が折れそうなほどに、たわわに実っていた。

その柿をめぐって、ある事件が起きた。私が祖父母の家に、母からの届け物を持っていった日、少年二人が柿の木に登り、柿を盗んでいたのだ。

たまたま賢次伯父もおり、すぐに二人を捕まえた。賢次伯父は、戦争末期にフィリピンでとても苦労したらしいが、憲兵少尉だったこともあり、酷薄な性格で、少年二人を捕まえ「この泥棒が！」と怒鳴りつけていた。そして二人の首根っこを掴んで、庭に出てきた祖父母に「すぐ警察に突き出してやりましょう」とまくしたてた。

少年二人は、うつむいて泣きそうになっており、私はかわいそうで、いたたまれない気持ちになった。そのとき、祖母は少年たちに、意外にもやさしい言葉を発した。

「お腹がすいて、ひもじかったんだろう」

二人の少年が、藁にもすがるような目で微かに頷くと、

「だったら、これからはお腹がすいたら、堂々と『柿をください』と言ってきなさい」

と言って、祖父に視線を向けた。

祖父は祖母の発言に満足したのか、大きくうなづくと賢次伯父のほうを向き、

「賢次、戦争が終わって十年以上経っても、ひもじい思いをしている貧しい家の子どもは、たくさんいる。彼らには将来があるのだから、大目に見てやれよ」

「子どもとはいえ、法を犯した泥棒なんですよ！　それを許したら法治国家は成り立ちませんよ！」

賢次伯父の抗弁に、祖父は血相を変えて激怒した。

「お前は、まだ憲兵のつもりでいるのか！　多くの大人が、敗戦直後の食料不足の混乱期に生きていけず、違法行為の闇取引をせざるをえなかったじゃないか。それともお前は、闇取引を一切しなかったとでも言うのか！」

賢次伯父は黙らざるをえなかった。

その後、子どもたちの両親がお詫びに来て、お詫び代と自家製のキムチを渡そうとした。母は、祖母に頼まれ、庭の栗の木から栗を取り、二人で栗ご飯を作ったそうだ。

母が同席していると、祖父はキムチだけ受け取り、

「戦中は、異国の日本に連れてこられ、苦労しただろうね」

としみじみと言っただけで、決してお詫び代を受け取らなかったそうだ。

「これは栗ご飯だ。家の庭の栗で作った自慢の料理だよ。子どもたちにも食べてもらいたいね。これからも秋になったら柿を取りにくるよう、子どもたちに伝えておくれ。そのときは、栗ご飯で御馳走するからね！」

祖母が威勢のいい口調で言うと、子どもたちの両親の目には涙が溢れていたと、母から聞いた。

◇　◇　◇　◇

私は、柿の木にまつわるエピソードを思い出し、祖父母の家を出てからも、ほのぼのとした気持ちになった。粗野で喧嘩っ早い祖母、兄を暴力学生と罵る祖母にも、あまり表に出さないが、心の底には義侠心があり、強いやさしさを隠し持っていることに、あらためて気付かされた。

そんなことを思いながら、伯父の家に向かったが、右手に老舗料亭の折詰、左手に母の手料理を持っており、道に降った雪が凍結しているところもあり、意外に歩くのに苦労した。ようやく伯父の家に着き、呼び鈴を鳴らすと、すぐに伯父が玄関のドアを開け、室内に招きいれてくれた。

「久しぶりだな。よく来たな」

祖母の折詰と母の手料理を手渡すと、伯父は台所の机の上に置き、

「喜美江《きみえ》さんと母さんには、お礼を言っておいてくれ。それと、帰りにお土産に持っていってくれ」

と言って、机の上に所狭しと置いてあった、アジアの果物とインドのビールやワイン、さらにはベトナムの焼酎などのアルコールを指差した。

居間に入って最初の話題は、私がこの四月に中学三年になり、来年早々には高校を受験することだった。伯父からは、どう受験勉強すべきか、そのコツを簡潔明瞭に教えられた。

伯父は、高校・大学と、学年で常に一、二番を争う秀才で、首席で大学を卒業していた。しかもスポーツ万能で、野球部ではピッチャーで四番バッターだったと聞いていた。

そんな文武両道に秀でた伯父だったが、押しつけがましい指導は一切なく、あくまで自律性を重んじ、自力で学習プランを立てるようにと指摘された。

「英英辞典は使っているのか」

「ようやく使えるようになってきました」

「英英辞典の利用は、英和辞典に比べて調べるのに時間はかかるし、回り道のように思えるかもしれないが、慣れると英語力が各段にアップするよ」

私は素直にうなずきはしたが、内心は、せっかくの伯父の誠意のこもったアドバイスも、ほとんど上の空で、別に聞きたいことでうずうずしていた。

受験の話が一段落すると、私は意を決し、伯父が「余計なことを言うな！」と怒りだすことを覚悟して、伯父がイギリス軍の捕虜となり、ビルマの収容所で四年間も拘留されていたことが、新年会で話題になったことを話した。

しかし伯父の反応は、あっけないほどあっさりしたもので、拍子抜けしてしまった。

「どうせ、弟達の戦争体験の話が出て、そのついでに招集されずに捕虜になった私のことが話題になったのだろう」

さらに、一呼吸おいて、

「そのことを父さんは非難していたんだろう」

と私に確認してきたので、頷かざるをえなかった。

伯父は平静さを保っているので、〝ビルマ〟というあだ名のパン屋の店長が、「伯父を収容所で見かけた」と言っていることも、思いきって話してみた。

「そうか、私の記憶にはないが、あるいは見られていたのかもしれないな」

伯父は表情を変えずに、さりげなく言った。

「伯父さんは、商社マンだったのに、四年間も不当に拘留されてつらかったでしょうね」

伯父は即答せずに、昔を思いだすように、しばらく沈黙していた。そして、おもむろに私が知らなかった新事実を話し始めた。

「私は、終戦の年までの二年間、ビルマにいた。そこでイギリス軍に捕まり、捕虜収容所に送られたのだ。いくら私が弁解しても、日本の商社マンが長期間ビルマにいたのは疑わしいということで、何度も拷問に近い尋問をされ続けた。そのあと刑務所に送られ、一方的にインド独立工作のスパイに仕立て上げられたのだ。実際には四年で帰国できたけど、果てしなく尋問され続けたときには、自分の人生の大半を奪われたように思え、ショックで目の前が真っ暗になったな」

「でも伯父さんは、ずっとビルマにいたわけじゃないんでしょ？」

「ビルマだけじゃないよ。ベトナムやインドネシアの拠点でも、仕事をしていたんだ。収容所での生活が長引くにつれ、新年になると、今年で私の命も燃え尽きるのだと思えて、絶望的な気持ちになったものだよ……」

そう言うと伯父は、庭の残雪を眺めながら、暗い表情になっていった。

「ともかく、新年は嫌いだな。父に会わねばならないのが煩わしいこともあるが、新年会で自分が捕虜だったことを話したくないからね。だから、年始には帰国したくないんだよ！」

伯父のこれほど険しい顔を見たのは初めてだった。

結婚を約束した女性の話など、とても聞ける雰囲気ではないと思った。私も口を閉ざしたため、今までにない気まずい沈黙が続いた。

伯父は、このままではせっかく来てくれた甥にすまないと思ったのか、意図して話題を変えようとした。

まず明るい話題をということで、日本経済が高度成長を継続し、戦争中には予想すらできなかった平和で豊かな社会が到来したと語った。伯父の話は、さまざまな経済の指標を挙げながら、それに裏打ちされた事例を具体的に説明してくれるので、中学の社会の授業よりもわかりやすかった。

「誠也の家は、今は経済的に苦しく、金持ちの同級生と比較して、つらい惨めな思いをしているかもしれない。でもビジネスマンになったら、実力さえあれば、金持ちの同級生を見返すことができるんだぞ。だから〝艱難汝を玉にす〟と思ってがんばるんだ！」

と、私が日頃いだいている、経済的貧困からもたらされる劣等感まで察して、元気づけてくれた。

伯父の話は、単に日本が高度成長し、経済的貧困から脱して〝豊かな国〟になったことを礼賛するだけにとどまらなかった。

「確かに日本は、短期間に高度成長し、先進国の仲間入りができた。しかし視野をアジアにまで広げると、欧米の植民地支配のくびきから脱して政治的には独立したが、経済的には離陸できずに未だに貧困に喘いでいる国が多い。日本は、もっとアジア各国の経済的な離陸を支援すべきだと思うな」

こうした視野の広い見方ができる伯父の発言を聞いていると、伯父は国際人だな、とつくづく思った。

「パキスタンのブット首相は、『日本人はエコノミックアニマルだ』と言っている。私も商社マンとしてアジアの国々を回っていると、そう言われても仕方のない自社優先のビジネスのやり方をしている企業が多い。それを否定できないことが、日本人として残念でならない」

と言って、眉をひそめた。

その後も、伯父のアジア経済にまつわる話が続き、結局、伯父の過去のことに話題を戻すことはできなかった。ましてや結婚の決まっていた女性を話題にすることなど全くできないままに、アジアのお土産を持って、家に帰らざるをえなかった。

伯父のいくつもの土産の中には珍しい酒があったので、酒好きの父は大喜びで「今夜、飲んでみるか」と相好を崩した。

私は部屋に戻ると、「伯父は私の質問に手短に答えただけで、詳細は何も語っていない」とあらためて気付き、がっかりした。

それでも諦めがつかず、机の上に置かれた地球儀を回しながら、伯父が戦中にいたビルマ・ベトナム・インドネシアをぼんやりと眺め、そのあと地球儀を少しずらして三か国の位置を確認した。

そのときふと、伯父のビジネスの活動範囲に、シンガポールやフィリピンが含まれていないと気付いた。そこで兄の本棚にある日本史の本のページをめくり、第二次大戦時の戦局地図を見て確認したところ、日本軍の占領地に、シンガポールやフィリピンが含まれていた。

その瞬間、あたかも神から啓示を受けたように、私の頭の中で、二つの閃きがあった。

一つは、伯父の戦中のビジネスの範囲が、東南アジアの三地域に限られており、その他の占領地域が欠落していることだった。ましてや、東南アジアの商業のメトロポリスとも言うべきシンガポールが、商社マンでありながら仕事の範囲に入っていなかったのは、あまりに不自然だった。

二つ目は、伯父は昭和二十年の終戦まで、日本の占領地域でビジネスをしていたのだから、結婚を約束した女性と連絡がとれずにいたことはありえない、ということだった。

しかもビルマにおいて単独で商売していたとは思えず、日本人は伯父一人だったかもしれないが、同じ商社のアジア人はいたはずで、伯父がイギリス軍に拿捕されたことは、彼らから伝えることができたはずである。

結婚を約束した美千代さんという女性が、民間人でありながらイギリス軍の捕虜になった伯父の消息を知っていれば、別の男性と結婚することもなく、伯父が帰国した昭和二十四年まで待っていたことは間違いないと思えた。

そのように考えを巡らすうちに、伯父は、両親にも、弟たちにも、そして甥である私に対しても話していない、というよりも決して話すことのできない秘密を抱えているように思えてきた。

それは、ほぼ間違いのない推理だと、確信できた。

しかし、そのことを伯父に話したところで、何の不自然さもなくはぐらかされることはわかっていたので、それ以上に考えることは諦めてしまった。

中学三年生になると、受験勉強に時間を割かねばならず、伯父が抱えているであろう秘密を思い出す余裕もいつしかなくなっていった。

◇　◇　◇　◇

翌年、伯父のアドバイスが功を奏したのか、家庭教師につくことも、塾に通うこともなく、なんとか独力で志望校に合格することができた。

入学式は、満開の桜が咲き乱れる中で行われ、翌日から授業が始まった。授業にも慣れ、クラスに友人ができる頃には四月も半ばを過ぎ、五月の連休が近づいていた。

そんなある日、しとしとと霧雨の降る夜、伯父から突然に連絡が来て、

「連休中に、誠也の合格祝いをしてやろう」

という嬉しい提案があった。

その日は爽やかな風が吹く、うららかな天気だった。伯父の指定した目黒駅で待ち合わせると、庭園美術館のある森を左に見ながら、行楽客の多い歩道を白金方面に向かった。しばらく歩くと、伯父は、二階がガラス張りの建物の前で立ち止まり、

「この二階のイタリアレストランでお祝いをしよう」

と言って、先導して螺旋階段をのぼりはじめた。

ドアを開けると、伯父はすでに予約していたのか、ウェイトレスが道路側の眺望のきく席へと案内した。伯父は道路を背にした席に座ってくれたので、私の席からは、自然教育園の柔らかな黄緑色の新緑が視界一杯に広がって見え、その美しさにしばし見とれてしまった。

そんな私に満足気な表情の伯父は、ゆっくりと語りかけてきた。

「すでにコース料理を頼んである。飲み物は何にするか。私はイタリアのトスカーナの赤ワインを飲むが、誠也は未成年だからアルコールは飲めないなあ……」

「それじゃあ、レモンスカッシュをお願いします」

横に控えていたウェイトレスは、すぐにワイングラスとレモンスカッシュを用意してきた。ウェイトレスがトスカーナの赤ワインを丁寧に注ぐと、伯父は、試飲して満足そうに頷いた。

再び赤ワインが注がれると、私はレモンスカッシュの入ったグラスを持ち、

「誠也、よく頑張ったな！　合格おめでとう！」

と伯父に祝され、乾杯をした。

料理はどれも美味しく、能登から取り寄せているという野菜は新鮮で、イワシのマリネは絶品だった。牛ステーキの炭火焼きも、蟹とトマトクリームのパスタも、舌がとろけそうなほど美味しかった。

「伯父さん、よくこのレストランに来るの？」

「帰国したときは、必ず来るよ。この店の料理長の作る料理は、どこにもないオリジナルな味で、他の店では味わえない美味しさがある。料理も、音楽も、絵画も、才能だとつくづく思うよ」

「伯父さんが料理を作ったのは見たことないけど、料理は得意なの？」

「得意なわけはないだろう。いっぱしのことを言ったが、料理は、もっぱら食べる専門だよ」

「思い出したけど、ここに来る途中に庭園美術館がありましたね。庭園美術館にも行かれるのですか？　伯父さんは、絵を描くのが得意だったじゃないですか」

「さすが、わが甥だけあって、ご明察だね。確かにこのレストランに来る際は、必ず庭園美術館の絵画ないしは彫刻の展示品を鑑賞することにしている。庭園美術館は旧朝香宮邸で、アール・デコの様式美をとりいれており、何度訪れても魅せられてしまう。実は今日も、誠也と目黒駅で会う前に、見学してきたんだ。ただ絵画で言えば、私の好みは印象派までで、ピカソやキュビズム、シュルレアリズムや抽象絵画には、解説を読んでもよくわからないし、ついていけないというのが、率直な感想だね」

「伯父さんは、私が小学生の頃、よく絵の描き方を教えてくれたじゃないですか。お陰で、小学校の展覧会で二度も入選できたんです。だから伯父さんには感謝しているし、高校でも、選択科目は美術を選んだんですよ」

「それは嬉しいことを言ってくれるね。でも私が教えたのは、鉛筆で正確にデッサンすることだけだよ。風景を、色彩はないが、なるべく正確に模写することを教えたに過ぎないよ。極端にデフォルメされた絵を描くことは、私には苦手だな」

そう言うと伯父は、興味深い浮世絵論を、楽しそうに披露し始めた。

「私は、葛飾北斎よりも、デフォルメの程度の少ない安藤広重の浮世絵のほうが好きだな。広重の浮世絵には、人物たちが躍動的に走ったりしている絵もあるが、それでも、背景となる風景と重ね合わせてみると、全体としては落ち着いた静止画のようで、心の平安をもたらしてくれる。もちろん私の絵は、広重や北斎の足元にも及ばないがね。結局のところ私の絵画を自分で表するのであれば、色彩のない静止画を描く、単なる写実主義者というところかもしれないね」

自嘲気味に言うので、甥としても、弟子としても、伯父を弁護したくなった。

「でも、伯父さんの絵は構図がしっかりしていて、何よりも本物そっくりに描けるから、すごいと思うんだけどなあー。それに、描くのも、神業といえるほど速いからね」

「確かに短時間で描くのは得意だが、神業はほめすぎだよ」

伯父はそう言って謙遜したが、小学生の頃に絵を習ったときには、とにかくあっという間に絵を完成させていたことが、よく記憶に残っていた。

「伯父さんの眼の中には、精密な写真機が入っているんじゃないか、と思ったよ」

「どうして、そう思ったんだい？」

「伯父さんは、さりげなく風景を見ているだけなのに、家に帰ってからでも、まるで目の前に風景があるかのように、さらさらと描けるんだから……」

褒めたつもりだったが、伯父は、ほんの一瞬だが不快そうな顔をした。

私が、その意外な反応に戸惑っていると、機転のきく伯父はすぐに話題を変え、さらに予想もしなかった質問をしてきた。

第三章　ベトナム反戦をめぐって

「ところで、正人は元気なのかい？」

と、心配そうに聞いてきたのだ。

「月に何回かは、連絡を取り合っているよ」

「それだったらいいのだが……」

伯父は少し安心したようだったが、すぐに表情を引き締め、ベトナム反戦を掲げる学生運動に身を投じる兄の行動を、厳しく批判し始めた。

「私から見ると、日本のベトナム反戦運動は、他の国の運動と比較しても、学生運動の範囲を大きく逸脱しているな。それも、はっきり言うと、悪い方向にだ。新聞や雑誌でしかわからんが、いろいろな党派があるらしい。ベトナム戦争を支持する日本政府に反対するならまだしも、党派間で暴力による争いを繰り返し、多くの怪我人が出て、殺される学生も出ているらしいな」

「そういう党派闘争を内部ゲバルト、略して内ゲバというらしいよ」

「私は、そんな気取った言葉をもてあそぶのは、きらいだな。何もゲバルトなどと言って、ことさらにドイツ語を使うことはないじゃないか。オブラートに包んでも、暴力はどこまでいっても暴力に過ぎないことを直視すべきだよ」

伯父は厳しく言い切ると、私の両親の気持ちを思いやった。

「猛男も、勘当だと言ってしまった以上、『正人のことが心配だ』と言えないだろうし、喜美江さんは四六時中、心配でたまらないんじゃないかなあ。そう思うとやりきれんな」

そう言って伯父はため息をついたが、間髪を入れず思いきった解決策を話し始めた。

「そこで私の考えを言うと、正人は、学生運動から手を引くべきだと思うんだ。一九六二年の北爆開始以降、アメリカ軍は九年にもわたり、物量で圧倒して、北ベトナムと南ベトナム民族解放戦線を殲滅しようとしてきたが、決定的な戦果を挙げられなかった。このことは、アメリカ軍がゲリラ戦には勝てないということを示しているんじゃないだろうか。現に、一昨年、アメリカ軍は第一次撤兵を表明している」

私は、ベトナム戦争や社会問題に詳しくなかったので、博識でアジア情勢に通じた伯父の判断は正しいように思えたが、兄との激しい言い争いが目に浮かんでくるようで、嫌な予感がした。

しかし伯父はそんな私の心配に気付かず、力強い口調でベトナム戦争の結末にまで言い及んだ。

「詳細は正人に会って話すが、数年後には今の南ベトナム政府は倒れ、北ベトナムと解放戦線が勝利することはほぼ間違いない。正義感に燃える正人の心情はわかるが、これ以上ベトナム反戦運動を戦っても、意味も効果もない。特に、党派間での不毛な暴力の争いは、一刻も早くやめるべきだ。この一連のことを具体的に説明するから、正人に家に来るように伝えてくれないか」

この伯父の自信に満ちた要請を、私は慌てて止めようとした。

「そんなことを言ったら、兄さんは怒鳴りこんでくるよ」

「罵声を浴びせられようが、殴りかかられようが、必ず説得するよ！」

伯父は意に介さず、超然とした表情で言い切った。

「曖昧なことは言わずに、党派間の暴力をともなったベトナム反戦運動は、もう意味のない運動だから、即刻やめるように言うんだ！」

伯父は、五月半ばまでは日本にいるので、それまでに兄に来るようにと言った。

その後は、科目で何が好きかと聞かれ、

「得意科目が数学と社会や歴史なので、大学は理系にするか文系にするか迷っています」

と答えた。

すると伯父は、いつも通りの型にはめない、おおらかなアドバイスをしてきた。

「得意科目を、大学の学部に合わせて早急に絞り込むことはないと思うな。理系にしろ文系にしろ、両方の得意科目をさらに得意にするよう努力すべきだな。二つの得意分野を持つことは、人間の幅を広げるからな」

私は、新しい地平が開けた気分になり、気持ちが高揚してきた。

伯父は、そんな私を見ながら、有名デパートの包装紙に包まれた小さな箱を鞄からおもむろに取り出し、テーブルの上に置いた。

「これは私からのささやかなお祝いだ。開けてみるといい」

開けてみると、箱の中には、洒落たデザインの高級なボールペンとシャープペンシルが入っていた。私は、目を輝かせてお礼を言った。

「〝ペンは剣よりも強し〟だ。しっかり勉強するんだな。ところで、授業では、先生の言ったことを単に書き写すだけでいいと思うか？」

「……」

いきなりの質問に、何も答えられなかった。

「一番大切なことは、このペンで自分の考えをメモしていくことだ。そうすれば自分のオリジナルな考えを持つことができるし、個性的なビジネスパーソンになれるぞ。そして、その積み重ねで、国際人にもなれる。くれぐれも授業を受け身の姿勢で聞かず、暗記が勉強だと勘違いしないようにしなければばならないよ」

伯父は滔々と話し続けたが、押しつけがましいようには全く聞こえなかった。むしろ、これから自分が勉強する上で本質的に重要なことを、諭してくれたように思えた。

その後も、いくつかのアドバイスを受けて、お祝いの会食は、終了した。

レストランを出て、春の柔らかい陽射しの中を、爽やかな風に吹かれながら、二人で歩いた。

私は歩きながら、伯父の心のこもったお祝いの会に満ち足りた気持ちになった。

しかしその一方で、「兄を説得する」という伯父の発言がわだかまり、晴れやかな気分になれなかった。


数日後、あまり気乗りがしなかったが、伯父の強い要請をごまかすわけにもいかず、兄から聞いていた潜伏先に電話してみた。

「どういう風の吹き回しなのかなあ」

穏やかな口調から、電話口で、長髪をかきあげながら首を傾げている兄の姿が想像できた。

しばらく間をおいて、兄はぼそっと言った。

「なぜ伯父さんは、会いたがっているんだ?」

意を決して、伯父の意図を一気に話した。

「ベトナム戦争はもう終わるから、反戦運動は意味をなさない。だから兄さんは学生運動をやめるべきだと、伯父さんは言っている」

案の定、兄は激怒し、電話から耳を離せばならないほどの、割れんばかりの大声と物凄い剣幕でまくしたてた。

「何言ってやがる！　もう少しましな伯父だと思っていたが、単なる事なかれ主義者だったんだな。がっかりしたよ。所詮、伯父はアジアを経済侵略する先兵の商社マンに過ぎなかったんだ。こっちは、体を張って戦っているんだ。よし！　伯父の家にのりこんで、言うべきことは言ってやるよ！」

このまま口論になだれこめば、伯父と兄の人間関係は取り返しのつかないくらいに破綻してしまうと恐れた私は、筋違いだとわかっていながら言ってしまった。

「でも兄さんは、伯父さんから学費を出してもらっているのだから……」

この発言に、兄は一瞬ひるんだように感じられたが、すぐに居直り、

「それとこれとは別問題だ！」

と言い放って、ガチャンと電話を切った。

この電話を激しく切る音が、説得しようとする伯父と、敵意を剥き出して荒ぶる兄の激論という修羅場を予告する合図のように聞こえ、暗澹とした気持ちになった。


伯父から連絡があったのは、連休も明け、しばらくたった五月二〇日の夜だった。

私は電話越しに、恐る恐る、兄が訪問したのかどうか聞いてみた。

「正人は、昨日も今日も、物凄い形相で家に来たよ」

「大喧嘩になったのですか」

私はすまなそうに言ったが、伯父は普段と変わらない声で、

「昨日は三時間、今日は四時間近く話したかな。正人は〝正義感に燃えた活動家のリーダー〟という印象で、昨日は、私の話を聞こうともしなかった。しかし幸いなことに、正人は〝客観的な眼〟

は失わずにいた。過去の日本の歴史を間違った方向に導いた〝すべて自分に都合のいい主観的判断で行動する狂信的な思想家〟にはなっていなかったんだ。そのこともあって、何度も激論を交わしたが、最後には私の言うことを聞いてくれたよ」

と、あっさり言ってのけた。

「だから、猛男には『正人が帰ってきたら勘当を解いてやるように』と私が言っていたと、伝えてくれ」

落ち着いた口調に私は安堵しながらも、狐につままれたように、なかなか言葉を発することができなかった。しかし、いつまでも黙ったままでは伯父に失礼だと思い、お礼を言った。

「兄を説得いただき、ありがとうございました」

その言い方が、あまりに型通りでおどおどしていたためか、伯父は電話の向こうで穏やかに笑い出した。

「誠也！　そんな大人びたお礼など必要ないよ。私は、言うべきことを正人に言ったまでだ。明日にはもうインドに行かねばならない。仕事以外にもやらねばならないことがあるので、しばらく帰ることができないが、誠也は自分で高い目標を創って、それを目指して創意工夫するんだな。日本のビジネスパーソンにありがちな、周りの人と同じように振る舞って群れをなしている人間、自分の意見を主張できない人間は、これからの国際人として通用しないからね。親にも先生にも、根っこのところでは頼らずに、自らを律しながら自立して、がんばるんだぞ！」

「自分自身で創意工夫するのは難しそうだけど、がんばってみるよ。伯父さんも体に気をつけてください」

弾んだ声で言うと、伯父は力強く答え、電話を切った。

私は、伯父のお陰で父と兄が和解できるのだと思うと、満ち足りた気持ちになった。

しかし、ふと、伯父がインドで〝仕事以外にやらねばならないこと〟とは何なのか、全く思い当たらないことに気づき、やはり伯父には、私の知りえない別の顔があるように感じた。

◇　◇　◇　◇

暑い夏もピークが過ぎ、終戦記念日から一週間が経った。去りゆく夏を惜しむようにツクツクボウシが鳴く頃、兄は、突然に我が家に戻ってきた。

兄がきまり悪そうに玄関に立ったままでいると、母は大喜びで、

「正人、よく戻ってきたね。そんなところで靴も抜かずに突っ立ってないで、早くあがりなさい」

と、兄の背中を押すようにして、茶の間にいる父に対面させた。

父は不機嫌そうに、無言のまま座っていた。

兄は、自分を見ようともしない険しい顔の父の前で正座すると、物怖じせずにはっきりとした口調で謝罪した。

「ご心配をお掛けし、申し訳ありませんでした。これからは復学し、勉強に専念して、医者を目指したいと思います」

兄は深々と頭を下げたが、それでも父は、つっけんどんに言った。

「なぜそんな心境になった。急に言われても信じられんな」

そんな父にもめげることなく、一語一語を噛み締めるようにして、兄は理由を説明した。

「勲伯父さんに説得されました。伯父さんから『ほんとうに世のため人のために活動しようと思う

のなら、地味かもしれないが、まず個人として実際に役立つようなことをやれ』と言われ、はっと気づいたのです。自分がやってきたベトナム反戦運動では、大時代な革命家気取りでしたが、その変革の構想の中には、生身のベトナム人が全くいませんでした。『戦争で実際に被害を受けているベトナムの民衆一人ひとりの不幸を救ってあげるためには、何をすればいいのか』という発想が、全く抜け落ちていたのです。そのことを伯父に指摘され、何も反論できませんでした」

兄がそう言うと、父の顔が心なしか少し和らいだように見えた。

「それで、これからどうしようと思っているんだ」

「ベトナム反戦のための個人的な活動は続けます。ささやかですが、私の活動に賛同する友人たちから支援金を集め、日本ベトナム友好協会にカンパする活動を始めました。こうした地道な活動への転換を、同志たちは当初は転向だと激しく非難し、殴り合いをともなった言い争いにもなりましたが、それでも私の決意が固いと知ると、最後は渋々ですが賛同してくれました。袂を分かったとはいえ、同志だったごく親しい友人たちからは、支援金をいただきました。しかも、あくまで個人の支援活動だと言うと、いままで敵対し口もきかなかったノンポリの学生が、予想をはるかに上回る人数で賛同してくれ、支援金を出してくれたのです。この経験から、暴力をともなった急激な社会革命を目指すべきではないと、確信することができました。それよりも、立場の異なる個々人が、自立した市民としてネットワークを形成し、草の根的に社会の構造改革を目指すことが大切なのだと思うようになったのです」

父は、真剣な表情で、じっと聞き入っていた。

「こうした地道な活動は続けますが、大学で真剣に勉学に励み、卒業後はインターンで研修を積んで、将来は医者を目指します。ただし、都会の医者になるつもりはありません。日本は〝豊かな社会〟

〝地域医療が行き渡った社会〟になったように言われていますが、その恩恵を全ての地域に住む人々が享受しているわけではありません。ですから私は、医者のいない過疎の村で開業したいと思っています」

兄の言葉に、父は顔を綻ばせ、

「そうか、わかった」

と、はっきりした口調で言いきった。

兄はあくまで神妙な姿勢を崩さず、

「ご理解いただき、ありがとうございます」

と慎重に言って頭を下げると、父はさらに歩み寄ろうとした。

「他人行儀な言い方はするな。それにしても、左翼思想に凝り固まった正人を粘り強く説得した勲兄さんには、感謝しなければいけないな。そういえば、兄さんから以前もらったベトナムのうるち米の焼酎が、独特の芳醇な香りでとても美味い」

父は、ベトナム語で書かれた焼酎のボトルを戸棚から取り出して机の上に置き、

「今夜は、このベトナム焼酎を飲みながら、勘当を終了することにするか」

と言って、初めて微笑んだ。

心配そうに聞いていた母も、笑顔になった。

「じゃあ、正人の好きなハンバーグを作って、祝杯をあげることにしましょう」

そう明るく言うと、夕食の準備のために、いそいそと台所に向かった。

◇　◇　◇　◇

翌日、久しぶりに平和の戻った我が家での朝食を終えると、私は兄を、兄弟が寝起きする部屋の縁側に誘った。伯父がどのようにして兄を説得したのか、興味深々だったので、直截に聞いてみたかったのだ。

「兄さんほどの筋金入りの活動家、しかも全共闘の幹部が、なぜ、わずか二回会っただけで説得されてしまったのか。ぜひ聞きたいんだけど」

兄は遠くを見るような目で、なかなか口を開こうとしなかった。

その日もツクツクボウシが鳴いており、夏を惜しむような鳴き声が、兄の熱く燃えた青春の終焉を暗示しているように、絶えることなく聞こえていた。

そんなことを思っていると、兄はぽつりと言った。

「勲伯父さんは、すごいよ！」

そして、ため息をついてから、静かに話し始めた。

「俺は、伯父さんのことを、単なる秀才にして商売上手の商社マンくらいにしか評価していなかったが、全く違っていた。俺は伯父さんの説得力、というか人間力の大きさに圧倒されて、最後はひと言も反論できなかった。論争は、俺の完敗だったということだよ」

そこまで言って、伯父との会話を思い出したのか、自信なげに俯いてしまった。

「どこがすごいの？」

私が尋ねると、兄は頭の中を整理し、言葉を選びながら、ゆっくりと語った。

「三つの切り口から、説得されてしまったんだ。一つ目は『アメリカ軍は北ベトナム軍やベトナム解放戦線に決して勝つことはできない』という切り口だ」

「なぜ、そんなふうに言い切れるんだろうか？」

すでに伯父から聞いてはいたが、兄の言い方が断定的だっただけに、私は納得し難い違和感を覚え、強い口調で質問を続けた。

「しかもアメリカ軍は、巨大なボリュームの物量と機動力を駆使して、攻めているんだよ」

「確かにアメリカ軍は、五十四万を超える兵力を投入し、朝鮮戦争時をはるかに超える砲爆撃を繰り返していて、その結果、北ベトナム軍と解放戦線は苦戦を強いられている。しかし伯父さんは『致命的な打撃は与えられていない』と言うのだ」

「その理由は？」

「『南ベトナムのジャングル地帯に巧みに身を隠して戦う戦士たちを、アメリカ軍は決して根絶できないから』だという。『第二次世界大戦のときの日本軍は、アメリカ軍の物量にモノをいわせた機動力に対抗することができずに、次々と玉砕していった。しかし、ジャングルを隠れ蓑にして、少人数でゲリラ戦を行う北ベトナム軍と解放戦線には、アメリカ軍は翻弄されるだけで、決して勝つことはできない』と、伯父さんは断言した」

「兄さんは反論しなかったの？」

「もちろん反論したさ。でも『ベトナムのジャングルの特徴を、自分で調べたことがあるのか？』と、問い詰められ、何も言うことができなかった。伯父さんはベトナムの地勢にとても詳しく、実際に何度も現地を見ていたようだ」

「やっぱり、商社マンだったからかな？」

「伯父さんは敏腕な商社マンだといわれているが、知識と経験は、その域をはるかに超えているな。とにかく博識なんだよ。現地の経済情勢に詳しいのは、商社マンとして必須の条件だと思うが、広く政治や社会の特徴も把握しているし、フランスの植民地にされてからのベトナムの歴史まで、調べあげているんだ」

「……」

「二つ目の切り口は、南ベトナムの政治情勢だ。伯父さんは、南ベトナム政府の、傀儡国家であるがゆえの汚職が蔓延している実態を具体的に話した。そして、そうした腐敗しきった実態から、『アメリカがいくらテコ入れをしても、民衆の支持を得ることはできず、南ベトナム政府の内部からの自壊が近い』と主張するんだ」

そうまで言われても、ベトナム戦争にさほど詳しくない私は何も言えなかった。しかし兄は、持ち前の、理詰めでやや早口の口調で、一方的に話し続けた。

「三つ目の切り口は、アメリカ軍のベトナム介入に大義名分がないことだ。『ドミノ理論から導き出された、南ベトナムの赤化を防止するというロジックだけでは、アメリカの市民、特に息子たちを戦争に駆り出されている市民を説得することはできない』と言うんだ。『だから、アメリカでは反戦運動が盛んになり、ヨーロッパや日本にも広がり、世論の力がアメリカ政府を圧迫している』と。そういった面では、伯父さんもベトナム反戦運動を評価している」

「それだったら、兄さんの運動も評価しているのでは？」

「それは違う。伯父は、内ゲバをともなわない平和的な反戦運動を評価しているだけだ。党派間のゲバルトが日常化しつつある俺のやっていた反戦運動は、評価の埒外だ」

兄は一瞬だまり込み、伯父との会話を反芻しているようだった。

そして、予想外のことを言い出した。

「伯父さんは、俺にはとらえきれない器の大きさを持っている。しかも俺より社会分析のレベルが数段上で、全く勝負にならないんだよ。だからそのあとも、俺が思ってもみなかったことを次々と言うんだ。ともかく伯父は、ベトナム社会のあらゆることに精通している。とても俺には太刀打ちできない、豊富な情報量を持っているんだ」

兄の発言を聞き、小学六年生のときに、将棋を教えてもらった情景が頭をよぎった。そのときは、伯父が〝情報戦〟という言葉を使ったことに、強い違和感を覚えた。

今、そのときの〝情報戦〟という言葉と、兄の言った「豊富な情報量」という言葉が重なり合い、伯父のミステリアスな部分、これまで暗くて見えなかった底知れぬ深淵を、はじめて垣間見たような気持ちになった。

「伯父さんは、なにか特殊な情報ルートを持っているんじゃないかな？」

私はこの質問で伯父のミステリアスな部分の一端が明らかになるように思え、期待に胸をはずませたが、兄の発言は、私の期待を完全に裏切る内容だった。

「俺もそう思って、自衛隊に特殊な情報入手ルートを持っているんじゃないかと、聞いてみたんだ。しかし伯父さんが言うには、『商社のビジネスを通じて得た情報以外の情報源は、新聞記事の切り抜きを集めたスクラップブックだけだ』ということなんだ」

「新聞記事の切り抜き！」

「そうなんだ。俺も肩すかしを食らわせられたようで、拍子抜けしてしまったよ。伯父さんは、がっかりした俺の感情など無視して『ともかく、新聞記事を切り抜いて、時系列に並べれば、はっきりと未来が見えてくる』と言うんだ」

「……」

「もっとも、伯父さんのスクラップブックには、日本の新聞だけでなく英字新聞や内外のさまざまな雑誌の記事も含まれているけどね。ともかく本棚からスクラップブックを取り出して見せられたときには、そのボリュームに圧倒されて、何も言えなかったよ。しかも、アジア各国別にスクラップブックを作っていたんだ。温厚な顔で『スクラップを作ると役立つよ』と勧められたときには、二の句が継げなかったよ」

兄が伯父に圧倒されたと知った私は、しばらく間をおいてから、さらに説得の核心を聞き出そうとした。

「正直言って俺は、その時点で、ほぼ説得されたも同然だったな。完全に説得される前に、三つの切り口からのロジカルな説明と、目の前に置かれたスクラップブックのボリュームに圧倒されて、当初持っていた反発心が、急速に萎えてしまっていたからな」

兄はそこで言葉を切り、「すでに父に話したことの繰り返しになるが」と断った上で、伯父の発言をそのまま再現した。

「『ベトナム反戦、ベトナム反戦と正人は言うが、ベトナム人の誰を、どのようにして、戦争の惨禍から救おうとしているのか！　ベトナムでは、兵士ばかりでなく、非戦闘員の女性や子どもたちも殺されている。その人たちの戦災で引き裂かれた惨状や、恐怖におびえる内面心理まで、わかろうとしたことがあるのか！　もっと地に足のついた活動で、ベトナム人を一人でも多く救う活動をすべきではないのか！　正人たちのベトナム反戦運動が、国際世論の形成に役立っていることは認めよう。しかし、そもそも正人が［ベトナム解放戦線と連帯を！］と言っている対象である兵士たちの顔が、お前には浮かんでいるのか！』……と、凄い迫力で、しかも普段聞いたことのないドスの聞いた声で言われたんだ。伯父さんの発言と迫力に、俺は完全にノックアウトされてしまった」

私は、言葉を荒げたこともない温厚な伯父しか知らなかった。それに加えて、学生運動の幹部である兄さえも説得しきる、凄みのある伯父の姿を想像することすらできなかったために、底知れぬ畏怖の念を抱いた。

そんな私の内面を思いやる余裕がないのか、兄は一点を見つめ、真剣な表情で話を続けた。

「俺はそのとき、自分は天下国家を論じるだけで、地に足のついた運動を一つもしていないことに気づかされたんだ。俺の頭の中では、機動隊員や他党派の幹部の顔を思い浮かべることはできても、ベトナム解放戦線の兵士たちの顔も、非戦闘員であるベトナムの女性や子どもたちの顔も、全く思い浮かばないんだ。というよりも、そんな発想自体がすっぽりと抜け落ちている自分に、気づかざるをえなかった。だから、俺はもう、浮ついた大時代なベトナム反戦運動や革命運動から足を洗うことにしたんだ」

兄はそう言うと、しばらく黙り込んでしまった。

そのとき私は、なぜ伯父が「正人を説得できる」と言いきることができたのか、わかった気がした。そして、伯父のいつものポーカーフェイスがあくまで表面上の顔でしかなく、その裏には、独自のしっかりとした考えを持つ、〝知の巨人〟ともいえる、全く異なる深みのある人物像が伏在していると思えた。

そんなことを考えていると、兄は思い出したように、知られざる意外な史実を、しんみりと話してくれた。

「日本ベトナム友好協会で聞いたのだけれど、今の北ベトナムのホーチミン政権が、第二次大戦後、フランスから独立するに際して、日本陸軍の一部の将兵が共に戦ったらしいんだ。俺は、それなりに昭和史を勉強してきたつもりだったが、このことは全く知らなかった。そのため、歴史の表舞台に登場することのない事実に、深く感銘を受けた。俺は、このことに、同じ日本人として誇りを持つべきだと思うんだが……。これからは、ステレオタイプ化された権威的な歴史解釈を鵜呑みにせず、自分自身で情報を集めた上で歴史観を創っていくことが、何よりも大切じゃないかと思っている」

私には、ベトナム軍と共に戦った日本陸軍の将兵たちが、伯父の考え方に似ているように思えた。

会話が途絶えると、ツクツクボウシの鳴き声が、夏の終わりを告げるように聞こえ続けていた。

第四章　伯父の過去――深まりゆく謎

何かに打ち込んでいると、月日の経過が速く感じられるものだ。

私が大学合格を、兄は医師の国家試験合格を目指し、勉学に打ち込んだ月日は、あっという間に過ぎ去っていった。

三年後の二月、兄は医師の国家試験に合格した。

私も志望大学の理工学部に合格することができた。私の合格は、伯父のアドバイスに基づき、得意科目の成績を伸ばしながら、それを牽引車に他の科目もレベルアップを図るという自律した計画的な学習法を実践したことが、功を奏したのだと思った。

四月に入学式を終えて一週間もすると、「お祝いをしよう」という伯父からの連絡が入り、五日後の土曜日の午後にしてはどうかという打診があった。

私は、高校入学に続いて大学入学も祝ってくれる伯父の気配りに、恐縮していた。

「その日でお願いします」

「それじゃあ目黒駅の改札口に、五時ということにしよう」

当日の午後に家を出ると、「高校入学のときの、あの美味しいイタリアレストランでお祝いしてくれるのかな」と期待がふくらみ、軽い足取りで目黒駅に向かった。

その日は霧雨が降り、春とは思えないほど肌寒いあいにくの天候だったが、久しぶりに伯父に会えると思うと、心は浮き立った。

目黒駅ではすでに伯父が待っていてくれて、私が改札口を出ると、

「おめでとう！」

と、いきなり握手を求めてきた。

大きな伯父の手で握手されると、私の手が包み込まれるようで、伯父の導きで合格できたのだなということがあらためて実感できた。

「じゃあ、本日の祝いの席に行くことにするか」

そう言った伯父は、白金とは逆方向に歩き出した。私はてっきり三年前と同じイタリアレストランに行くと思っていたので戸惑いを感じたが、伯父はすぐにそれを察し、さりげなく言った。

「今日は、この先の中華料理店でお祝いすることにしたよ」

ものの一分も歩かないうちに、その中華料理店は見えてきた。歴史を感じさせる、ややくすんだ白い三階建ての建物で、赤い字で店名が表示されていた。

店に入ると、受付横の立て札に〔貴島勲様〕と伯父の名前が書いてあるのが目に入った。伯父が名前を告げると、タキシードに黒い蝶ネクタイを着けた正装の男性が、エレベーターに同乗し、三階の個室へと誘導してくれた。

二人が丸テーブルをはさんで席に着くと、さっそく伯父は、

「まずはビールで祝杯をあげるか」

と言った。

「伯父さん、自分はまだアルコールを飲んだことがないんですけど……」

「まあ、今日はいいだろう。どうせ、クラスの友人やクラブの新人歓迎会で、飲むことになるんだから」

伯父は普段とは違ったくだけた調子で、生ビール二杯をウェイターに頼んだ。

あらかじめコース料理を注文していたらしく、まず前菜が運ばれ、ジョッキにあふれんばかりの生ビールが、私の前にも置かれた。

「乾杯！」

伯父が力強い声で言うと、二人はジョッキを打ちつけてビールを飲み始めた。伯父は、ビールが好きなのか、ぐいぐいとジョッキ半分を一気に飲み干した。

ビールが初めての私は、苦いだけで美味しいとは思えなかった。

伯父は、そんな私のしかめた顔を見ながら、

「誠也はまだ成人ではないが、今日から大人の仲間入りということで、酒を飲めるようにしたほうがいいな」

と、私の成長を喜ぶように言ってくれた。

「ところで、学部は理工学部なんだってな」

「ええ。社会や歴史も好きだけど、数学が一番好きだったので」

「貴島家で、技術系は父さんしかいないな。そういう意味では誠也が二人目だね。隔世遺伝ということになるのかな。ところで、将来は何になるつもりなんだい？」

「数学が好きなので、それを活かせるコンピュータエンジニアになりたいと思っています」

「そうかあ……。数学とか、コンピュータとか、文系の私にはわからないから、アドバイスはできそうもないね。素人考えかもしれないが、ともかく自分の頭で深く考え抜いて、本質を把握することが大事だと思うけどね」

「自分も、そう思います。なんとか理工学部に入学できたのも、伯父さんのアドバイスがあったからです。だから、これからもよろしくお願いします」

「ずいぶん大人びたことを言えるようになったね。初めて飲むビールの味はどうだい？」

「最初は苦かったけど、だんだん気分がほぐれてきて、美味しくなってきたようです」

「貴島家は飲める人間が多いが、その血を誠也も引き継いでいるらしいな。料理の味はどうだい？」

「こんなに美味しい中華料理は、はじめてです」

「ここは四川料理と上海料理専門の歴史のある店だ。誠也が産まれる以前に創業して、もう二十年以上になる。四川料理は、どちらかと言うと辛口の料理だ。もちろん日本風にアレンジしているだろうけどね」

「四川というと『三国志』の時代にまで遡れば、蜀の国の料理ということですか？」

「さすが歴史好きだけあって、私も説明のしがいがあるね」

伯父は、大きくうなずいた。

「伯父さんはよく、こんなに美味しくて高級な中華料理店を知っていますね。どなたの紹介なんですか？」

「小説家の池波正太郎さんの紹介だよ」

「すごいですね！　池波さんの知り合いなんですか」

「冗談だよ。正確に言うと、池波正太郎さんが書いた本で知って、訪ねた店なんだ。私の考え方を付け加えると、この店は本格的な中華料理の店だが、社用族が使うような派手な店と違って、どちらかというとリーズナブルな値段の店だよ。それに、店内の装飾は地味に抑えているが、そのことでかえって落ち着くことのできる店だ」

言われてみれば、部屋には博物館でしか見たことのないような中国の水墨画の掛け軸や明朝の頃の陶磁器が置かれてはいたが、部屋の天井や壁は目立たないデザインで、洗練されているように思えた。

「池波さんの時代小説は面白く、時にほろりとさせられる魅力を持っている。しかし、彼の生き方はそれ以上に魅力的だな。池波さんは小学校しか出ていないけれども、働きながら苦労して書いた劇の脚本が入選して劇作家になり、そのあといくつものベストセラーを書ける小説家になっていったんだ。立派だと思うな。そんな池波さんが、終戦のあと海軍から復員して、区役所の職員としてDDTを散布して回っていた。その頃、若く金持ちではない池波さんが通ったこの店は、美味しいがさほど高くはない。だから誠也は遠慮しなくていい。まだ若いんだから、どんどん食べなさい」

伯父は、やや頭髪に白さが目立つようになってきただけで、相変わらずダンディであり、ポーカーフェイスを崩そうとしていないと思った。

そう思うとなおさら、伯父の私に見せたことのない裏の顔——三年前、兄には見せた凄みのある〝知の巨人〟の顔をどうしても見たいという好奇心が頭をもたげてきた。

私がどう切りだそうかと迷っているうちに、機先を制するかのように、伯父のほうから兄のことを話題にし始めた。

「ところで、その後、正人はどうしている?」

「兄さんは、伯父さんに説得されてから、がらりと変わりました。アルバイトをしているとき以外は、夢中で勉強するようになりました。その甲斐あって、この二月には医師の国家試験に合格できたんです」

「それは知らなかった。立派なもんだ。そういえば、ここ三年近く会っていないな。一度わが家に来るように言ってくれないか」

「さっそく伝えることにします。ともかく兄さんは、伯父さんのことを尊敬しています。でも伯父さんの存在が大きすぎて、敬遠しているところがありますね」

「正人は、そんなことを言っているのか。買い被りだよ。私は尊敬に値する人間なんかじゃないし、大きな存在でもないよ」

この伯父の自嘲的な発言に、私はすぐに反論した。

「兄さんは、伯父さんの博識ぶりに圧倒されていました。伯父さんは、ベトナムに関する、ものすごいボリュームのスクラップブックを作っていると聞きました。しかもベトナム以外のアジアの国々のものもあるんですよね」

「そんなに私のスクラップブックに関心があるなら、酔い覚ましに帰りにわが家に寄って、実物を見ていくかい」

「ぜひ、お願いします」

私がぺこりと頭を下げると、ほぼ同時に個室のドアが開き、ウェイターが餃子を持ってきた。

「私は、ここの餃子が、東京で一番美味しいと思うな。さあ食べてみよう」

餃子は皮がもちもちとしており、複雑玄妙な味で、とても美味しいと思った。

「美味しいですね」

「ここの餃子の味は、ひょっとすると日本で一番かもしれないね」

「世界一ではないんですか？」

「世界一は、戦前に中国の天津で食べた餃子だな。中国の料理店では水餃子がメインだが、焼き餃子も作っている。その中でも、天津の焼き餃子は、群を抜いて美味かったなあ」

「伯父さんは、中国にも行ったことがあるんですか？」

「若いときに、商売の関係で行ったことがある。それに北京の中国語学校に半年近く通っていたからね」

「だから伯父さんは、中国語も話せるんですね。その後は、東南アジアで仕事をしていたんですよね」

私は、実際の仕事では中国語を使う機会がなかったのではないかと、暗に匂わせてみた。

「確かに戦前、戦中には東南アジアの仕事がほとんどで、戦争中に中国に行く機会は全くなかった。しかし中国語を使う機会は多かったよ」

「……」

「なぜなら、東南アジアの商業ネットワークを牛耳っていたのは、戦前から華僑だったからね」

「伯父さんは、本当にいろいろなことを知っていますね」

「海外で仕事をする際に、その程度のことは知っておかないとね」

私は、この伯父の言葉を聞いて、海外で仕事をするのは大変だろうなあと思った。

そのとき伯父は、思い出したように、鞄からいきなり、丸善の分厚い包みを取り出した。

「そうそう、忘れていたよ。これは私からのプレゼントだ。何をあげようか考えたけど、誠也はまだ学生だし、前から読書が好きだと言っていたから、図書券にしたんだ」

伯父の心のこもった発言を聞きながら、高校の三年間、学年全体で借りた本の数が二番目に多かったのが自分だったことを思い出していた。同時に、借りた本にはアンダーラインを引くことも、コメントも書きこむこともできず、もどかしさを感じていた記憶も脳裏を掠めた。

私の気持ちを察したかのように、伯父は本を買うことの大切さを強調した。

「本を買うことに躊躇してはいけない。誠也は一八歳だから、一八万円分の図書券を包んだよ」

「そんなにですか！」

喜びに満ちた声を発すると、伯父は嬉しそうに、さらに言った。

「図書券がなくなったら、また遠慮なく言ってきてくれ」

私は興奮し、これまで買えなかった数学者集団ニコラ・ブルバキの『数学史』や『数学原論』を、すぐにでも買いたいと思った。そして、ドイツ語を積極的に学んで、初めて「無限」の存在を証明したゲオルグ・カントールの原書を読むことに挑戦するプランが浮かんだ。

さらに、フランスの天才的数学者にして革命家だったエヴァリスト・ガロアを本格的に研究しようと思いついた。そのためにまず、丸善の本棚に陳列されていた『ガロアの夢』を買おうと思った。その本を読むことで、「体論」や「群論」といった現代のコンピュータ科学の基礎となっているガロアの理論を学べると期待はふくらんだ。

存分に自分の好きな専門書が買えるという、夢のような気分に浸っていると、突然、その夢を実現してくれた伯父に、特異な能力が備わっているように思えてきた。

ひょっとすると伯父は、高度な読心術の教育を受けたのかもしれない。だから、魔術師か忍術使いのように、私の心の中を読み、私を惹きつけることができるのだと思えた。

しかし、そうした憶測自体が、せっかくの伯父の好意を貶めるようで、口にすることができなかった。

そんなことを思っている間も、料理は次々と運ばれてきたので、二人とも、黙々と食べることに専念した。

しばらくしてデザートが運ばれてくると、伯父は笑いながら言った。

「私の趣味の俳句も、ようやく少しはものになってきたよ。俳句を創ることは相変わらずできないが、俳句の良し悪しはわかるようになってきた」

そう言ったあとに、自分の将来を、他人事のようにさらりと言った。

「私は、一年後には定年になる。そうしたら、絵を描き、エッセーを書きながら、子葉の俳句の旅を追体験しようと計画しているんだ」

「その追体験の旅に、私も同行したいくらいです。でも、そうされると煩わしいでしょうから、せめて、伯父さんの絵とエッセーは見せてください」

「そのことは約束するよ」

「ところで伯父さん……。仕事はどうするのですか?」

「もうこれからは、きれいさっぱり仕事はやらん」

私は、伯父もついに定年かと思うと寂しくなり、言葉を出せずにいると、

「心配しなくて大丈夫だ。退職金もたっぷりもらえるし、誠也が大学を卒業するまでの学費は、責任を持って出し続けるつもりだ」

伯父は一瞬だけ口を閉じると、にこりと笑い、

「ただし、落第したらダメだよ」

と言った。

そのユーモアに、私も少しおどけた調子で、

「落第しないようにしますから、よろしくお願いします」

と応じた。

デザートを食べ終わると、和やかな祝いの宴会はお開きとなった。

結局、宴席では、肝心なことは何も聞きだせなかった。

目黒駅から山手線に乗り、五反田駅で乗り換えて池上線に乗ったが、さすがに電車の中で、伯父の隠された部分を話題にすることなど、できなかった。

電車を降りると、霧のような春雨が相変わらず降っていた。夜になり一段と冷え込んできたため、初めて飲んだビールの酔いも急速に冷めてきた。

伯父は家に着くなり、すぐに書斎に案内してくれ、壁一面を覆っている大きな本棚から、慣れた手つきでベトナムのスクラップブックを引き抜いて、私の前の小さな机の上に置いた。スクラップブックには、政治・経済・軍事・歴史・社会と大きく表記された小見出しがあり、それぞれの次ページから新聞・雑誌の切り抜きが貼られていた。

私は、そのスクラップブックの作り方に、伯父の几帳面な性格が反映されていると思った。

伯父はスクラップブックをめくりながら、スクラップブック作りのコツを説明し始めた。

一連の説明が終わると、その締め括りとして、

「経済や軍事に関する記事を時系列に並べて見ていくと、素人でも近未来を予測できる！」

と、強い口調で言いきった。

「兄さんが言っていたけれど、伯父さんは、アジア各国別にスクラップブックを作っているんですか？」

「そうだよ。これがビルマ、これがインドネシアだ。インドは、もう五冊目になる」

私は、テーブルにうず高く積まれた八冊分のボリュームに、ただただ圧倒され、

「ものすごい情報量ですね」

と言うのが、やっとだった。

「もちろん、情報を貯めるだけじゃないよ。二年経って役に立たない記事は、捨てることにしてい

るんだ。そうすることで蓄積されている情報の鮮度を保つようにしている。とは言っても、改めて誠也に言われると、情報量の多さに我ながらびっくりするね」

伯父は苦笑いしながら、ため息をついた。

目の前の本棚だけでなく、左右の壁にも壁全体に本棚が設置されており、本が一寸の隙間もないくらいに詰め込まれていた。私の座る後ろの壁にだけは本棚はなく、大きなステレオが置かれていた。それでも、ステレオの横には、私の腰のあたりまで本が積まれていた。

気になったのは、その積み上げられた本の全てが軍事に関する専門書だったことだったが、冊数の多さを見ても、博学の伯父のことだから、軍事以外の専門書は、それぞれの本棚に詰め込まれているのだろうとしか思わなかった。

ステレオの上に目を移すと、レコードが何枚か置かれていた。

ステレオを見て、戦中派が戦闘体験を語らないように、私にとっても、「極度の不幸は沈黙である」という言葉があてはまると思った。そして、伯父だけには貧しい自分をさらけ出すことができると思い、沈黙を破った。

「ステレオって、大きいんですね。正直に言うと、貧しい我が家には小さなレコードプレーヤーしかなく、肩身の狭い思いをしてきました。兄さんは『バイトで稼いで、近々ステレオを買ってやる』と言ってくれています。それまでは、クラシック音楽は、ラジオの音楽番組で聞くしかないと思っています」

伯父は、我が家の経済的困窮を実感したのか、やや困惑した表情で、

「そうだったのか……。それじゃあ、正人がステレオを買ってくれたら、クラシックのレコードは何枚もあるので、好きなものを貸してあげるよ」

と、やさしい口調で語りかけてくれた。

「音楽を聴くことに制約があることはわかったが、どんな音楽が好きなんだい？」

私は精一杯に背伸びをして答えた。

「友人たちと同じように、ビートルズやローリングストーンズが好きです。でも最近は、幾何学模様のように均整のとれた、静謐なバロック音楽が好きになってきています」

「残念ながら、バロックのレコードは、あまりないな」

そんな会話をしながら、さりげなくステレオの上にあるレコードを見ると、モーツァルトの交響曲第二五番が置かれていた。

「伯父さんは、モーツァルトが好きなんですか？」

美しい洗練されたモーツァルトは、いかにも伯父が好みそうだと思ったが、その推測は間違っていた。

「モーツァルトで好きなのは，この二五番だけだよ」

この伯父の強い口調に、少しだけ白けた雰囲気になったが、すぐに居間に移り、壁に飾ってある伯父の描いた二枚のスケッチを見ながら、絵画について論じ合った。この二枚の絵画は、インドネシアのバンドンとインドのモイランの風景画だった。

そうこうしているうちに、時計の短針は十一時を回ってしまった。

伯父も名残惜しそうにしていたが、あまり長居することはできないと思い、お礼のあいさつをして、帰宅することにした。

玄関の鍵を開けて中に入ると、父母は茶の間でまだ起きていたので、伯父からのお土産の餃子を渡し、心のこもったお祝いをしてもらったことを話すと、とても喜んでくれた。

二人と会話をするうちに、父も母もここ数年は外食などしておらず、自分だけがご馳走になったことに思いが至り、申し訳ないと思った。

その埋め合わせに、就職したら、父母を今日の中華料理店に連れていき、自分の給料でご馳走したいと思った。


この日、兄は友人宅に泊まっていたので、兄と二人で寝起きする部屋でひとり、今日の伯父との会話を満ち足りた気持ちで思い出していた。

その一方で、またもや伯父には肝心なことを何も聞けなかったと、ため息をついた。

あきらめがつかず、伯父が決して私に見せたことのない裏の顔について、手掛かりはないかと、地球儀を回しながら、伯父のスクラップブックにあった東南アジアの国々の位置やカタチをなぞってみた。

すると、以前、伯父に聞いた、戦争中の商社マンとしての活動範囲のことが、頭に蘇った。その活動範囲と同様に、伯父のスクラップブックが、東南アジアの全ての国を網羅しているわけではないことがわかってきた。

ベトナム、ビルマ、インドネシア、インドのスクラップブックはあっても、タイ、マレーシア、フィリピン、シンガポールやラオス、カンボジアのスクラップブックはなかった。

ラオスやカンボジアは経済的にいまだ小国だから対象外なのかもしれないが、タイ、マレーシア、フィリピンが全くないことに釈然としなかった。

商社のビジネスを、この四か国だけでやっているからかとも思えたが、それにしても不自然な印象をぬぐえなかった。ましてや東南アジアの商業のメトロポリスであるシンガポールが、すっぽり抜け落ちているのである。

だとするなら、あのスクラップブックにあった四か国は、もっと違った意味を持っているように思えた。

そして何よりも変だと思ったのは、昭和二〇年にイギリス軍に拘束されるまで伯父が行ったことのなかったインドのスクラップブックが、五冊もあったことだ。

もしかすると伯父は、戦後の商売以前にもインドに行ったことがあるのではないか、という疑惑が広がっていった。

海面下に隠された氷河のカタチ、その隠された実体を明らかにする謎を解くための架け橋が、あの膨大なボリュームのスクラップブックのような気がしてきた。

そう思うと、伯父の決して明かされなかった秘密の扉を、あともう一歩でこじ開けることができるような予感がした。


翌週の火曜日は、家庭教師も配送のアルバイトもなかったので、大学の授業を終えると高田馬場まで歩き、山手線で渋谷駅まで行き、途中下車した。

そして道玄坂を歩いて、昭和元年より続く名曲喫茶ライオンに向かった。

ライオンの一階正面には、この店の誇る音楽設備である巨大なスピーカーが鎮座していて、クラシック音楽好きの学生にとって絶好のコンサートホールであり、憩いの場となっていた。

しかも、好きな音楽をリクエストすることもできた。

私は、コーヒーを注文する際に、

「モーツァルトの二五番をお願いします」

と、おずおずと頼んだ。

店の老主人は、ゆったりした口調で、

「わかりました。モーツァルトの二五番ですね」

と念を押すと、そのまま厨房に入り、注文のコーヒーを運んできてから、

「この曲が終わり次第、二五番をお掛けします」

と言って、再び厨房に消えた。

バッハの幾何学模様のようなバロック音楽が終わると、老主人が巨大なスピーカーの前に現れ、マイクを手に持った。

「先程、リクエストがありました。モーツァルトの二五番です」

それだけ言うと、老主人は厨房に消え、音楽が流れだした。

私は、第一楽章から強い衝撃を受けた。

それまでの私の中のモーツァルトの曲は、軽やかで伸び伸びしていて、かつ予定調和的な旋律が特徴だとばかりに思ってきた。

第一楽章は、そのイメージを根本から覆すような旋律だった。まるで心臓を鷲掴みにされ、激しく揺さぶられるような衝撃を受けた。それでいて旋律は美しかった。

第二楽章は静謐な曲調だが、第三楽章から第四楽章へかけて激しさを増し、その一方で、どこか物悲しい旋律がまざり合って、終わりを告げた。

私は、体全体に震えがくるような感動に茫然自失の状態になり、次の曲はほとんど耳に入ってこなかった。

ライオンを出ると、その足で大盛堂書店に向かい、音楽の書籍のコーナーで交響曲二五番を調べてみた。

本には、「モーツァルトの交響曲には珍しく、第二楽章以外はト短調で作曲され、感情が激しく爆発するような旋律が特徴だ」と書かれていた。

そして「疾風怒濤の時代の影響を受けている」「疾風怒濤の時代とは、国家や社会が大きく変革する時代を意味する」とも書かれていた。

だとするなら、現代で言えば、二〇世紀初頭から第二次世界大戦までの時代がそれにあたるように思えた。この時代は、まさに「戦争と革命の時代」であり、それゆえ疾風怒濤の時代だった。

そう時代規定すると、戦争の時代に、伯父だけが戦争とは直接に関係しない商社マンであり続けたことが、きわめて不自然に思えてきた。

モーツァルトの他の交響曲が好きならば、ポーカーフェイスの伯父に似合っている。

しかし二五番は、温厚でスマートな商社マンで、時に学者タイプの伯父には、およそ似つかわしくないと思った。

おぼろげながら、伯父の隠れた部分が見えてきたように思えた。


ほんのちょっとしたきっかけで、伯父の全体像が明らかになりそうな予感がしてきたため、そのまま家に帰る気にはなれなかった。そこで、大盛堂を出てから、渋谷駅と逆方向の代々木公園のほうへ歩きながら考えることにした。

しばらく坂道を上っていくと、まるで吊り橋のような構造の巨大建築物が見えてきた。斬新なデザインの建物は、丹下健三が設計し、世界的にも評価された、一九六四年のオリンピック会場・国立代々木競技場だった。

洗練された曲線美を持っており、昨年の石油ショックまでの高度成長を象徴しているような建物だったが、高度成長の恩恵に浴さない家に育った自分からは、温もりのない無機質な構造物にしか見えなかった。

その建物の横を通過して、明治天皇を祀る明治神宮の鬱蒼とした森に至ると、私の散歩の経路が、昭和から明治へ、時代を逆行しているように思えた。

武蔵野の深い緑の雑木林を明治神宮の方向に歩いていると、伯父の書斎に積まれていた軍事関係の本もまた、時代を逆行すると見いだすことができる古文書の堆積物のように思えてきた。

なぜ伯父は、平和な時代にあっても、あれほどまでに軍事に関する本を書斎に残していたのだろうか。しかも、旧日本陸軍の本が多かった。

その記憶から派生して、四年前に自衛隊で割腹自殺した高名な作家のことが、頭をよぎった。

その作家も軍事に傾倒していた。そして年を経るごとに、書物を読むだけでは飽き足らず、自衛隊に体験入隊するまでになった。その作家が割腹自殺をとげたときに、父は、

「実際の戦闘も経験しないで、軍人の真似事をしおって」

と罵った。

逆に、学生運動の活動家の一部は、「彼が命をかけたことで、自分達は先を越された」と評価した。

このように、高名な作家の割腹自殺に対する評価は、極端に分かれた。

自分としては、活動家たちの、過激な行動のみを評価する、一面的で陽明学徒のような主張には首を傾げざるをえなかった。

他方で、その高名な作家の持論である「（日本は）戦後の高度経済成長により、無機質な、からっぽの、ニュートラルな経済大国になった」という主張は、正しいように思えた。

しかも、その主張に限って言えば、伯父の考え方にも似ているように感じた。あの高名な作家が戦争中の徴兵検査の結果、軍人になれず、そのコンプレックスから平和な時代に軍事に傾斜していったように、伯父も戦争中、軍人にならなかったがゆえに、軍事の本を精読するようになったのだろうか、とも類推してみた。

しかし、伯父の隠れた部分をいくら掘り下げたとしても、伯父にはそうしたコンプレックスが微塵もないようにしか思えなかった。

再び伯父の全体像はぼやけてきて、周囲の雑木林が深いだけに、昭和史の複雑な迷路の中に、迷いこんでしまったように感じた。

第五章　寡黙な明治人の死

私が大学に入学した年には、さまざまなことが起こった。

私が大学生になり、兄が医師の国家試験に受かったことが、明るいニュースだった。

一方で、六月には父が退職に追いこまれ、十一月には祖父が他界した。

歳月の経過は牛歩のようにゆっくりだが、確実に世代交代を進めていく。明治生まれの祖父の世代が亡くなり、父のようにビジネスの第一線を担ってきた戦中派も退きつつあることが世代交代を如実に示していると思った。


十一初旬の土曜日、突然、家に電話がかかってきた。

内職で作った子ども服の納品で母が外出していたため、私が電話をとると、祖母からだった。

滅多なことには動じない祖母だったが、その日はいつになく、切羽詰まった様子だった。

「じいさんの様子がおかしい。すぐに来てくれ！」

たまたま家にいた兄にそのことを伝え、走れば三分程度で着く祖父の家へ、二人で全力疾走で駆け出した。

祖母は、今まで見たこともない血の気の引いた顔で待っていた。

「縁側で座っているじいさんが、全く動かないんだ」

祖母は庭に向かい、茶の間の縁側に我々を導いた。縁側の籐椅子にもたれかかるようにして祖父は座っていた。穏やかな表情の祖父は、まるでうたた寝をしているようにしか見えなかった。

私がどうしていいかわからずに突っ立ったままでいると、兄の動作は、さすが医者になろうとしているだけあって俊敏で、すぐに祖父の脈をとり、心臓に耳をあてた。

「脈はないし、心臓も止まっている」

兄はそう言って、私のほうを見た。

私も手首の脈を取ろうとして指を押しあてたが、何の反応もなかった。

私たち兄弟の反応が異様に見えたのか、祖母が力なく言った。

「救急車を呼ぼうか」

兄は祖母をしっかりと見つめ、一語一語かみしめるように言った。

「おじいさんは、すでに亡くなっています。だから救急車を呼ぶ必要はありません。私は、かかりつけの松浦先生に連絡します」

それを聞いても祖母は、気丈に涙一つ見せなかった。しかし、いきなり亡くなった祖父の手に縋りつくと、

「あんた、死ぬんじゃないよ。もう一度、目を開けて！」

と叫んだ。

電話を終えた兄は、まもなく松浦先生が来ることを伝え、祖母の体をやさしく抱いて、祖父から引き離そうとした。体を引き離されても、祖母の手は、祖父の手をずっと握りしめていた。

祖父は相変わらず座ったままだった。庭先では、柿がたわわに実っていた。

三日後には通夜があり、翌日、葬儀となった。

この間、次男の賢次伯父夫婦が泊まり込み、葬儀の準備をしていた。

賢次伯父は、大手化学メーカーの役員になっていたが、上昇志向が強く、さらに上を目指しているようだった。そのこともあるのか、横柄な態度で、全てを差配するように振る舞っていた。手伝いに来た部下たちを顎で使い、孫たちにも同様な振る舞いをして、顰蹙を買っていた。

長男の勲伯父も、アジアから急遽帰ってきた。それでも、飛行機の都合で、お通夜の日の午後に間に合うのがやっとだった。

勲伯父は、到着するや正座して合掌すると、棺の中の祖父の顔を感慨深げに見つめていた。

そんな伯父を目ざとく見つけた賢次伯父は、横に座るといきなり口を開いた。

「兄さん、やっと帰国できたんですね。兄さんは長兄だし、来年はもう定年なんだから、もっと早く戻ってくるべきですよ」

この厚かましい無神経な発言に、伯父はほんの一瞬だけ顔色を変えたが、じっと耐えるようにして、

「賢次に任せっぱなしで悪かったな」

とだけ言った。

その後、兄が父と母を連れて、棺のある部屋に入ってきた。

父は、退職後はめっきり元気がなくなり、持病の糖尿病が悪化して一人で歩くことさえできず、兄に支えられながらやっと正座し、賢次伯父に挨拶した。

「賢次兄さん、私はこんな状態で何もお手伝いできず、申し訳ない」

と頭を下げて、祖父の遺体に合掌し、母と兄が続いた。

賢次伯父は父の挨拶に応えず、忌み嫌うような冷淡な目つきで、われわれ家族に、

「通夜のときは、そこに座ってくれ」

と言うと、まるで厄介者のように、部屋の片隅を指差した。

賢次伯父の酷薄な性格を垣間見たようで、人間として許せないと思った。

棺に安置された祖父は、三日前と同じような穏やかな顔で、まるで眠り続けているようだった。

受付係の私は、その場から玄関わきの受付のテントに移動しながら、祖父が年に何回か、われわれ兄弟の部屋を直接に訪ねてきたことを思い出していた。

◇　◇　◇　◇

直近では、今年の三月末にわれわれの部屋を訪ねてきた。

このときも、玄関を通らずに狭い庭伝いに来て、「誠也、いるか」と縁側に上がり、いきなり部屋に入ってきた。

祖父は、いつもの宣伝用の紙の束を持っていなかったので、私は怪訝な顔で尋ねた。

「おじいさん、どうしたのですか」

「理工学部に入れたんだってな。これを使ってくれ」

祖父は笑顔で、ねずみ色のまだら模様に変色した白い箱を、机の上に置いた。

箱を開けると、製図道具が収納されていた。各種定規も、コンパスも、分度器も、ひどく古びており、祖父が使っていたものだとすぐにわかった。

「ありがとうございます。大切に使うようにします」

私は丁寧にお礼を言ったが、祖父は反応せず、目をそらしたまま、

「正人は元気か」

とだけ言った。

「兄さんは、先月、医師の国家試験に受かりました。ですから、これまで以上に元気に勉学とアルバイトに精を出しています」

祖父は当然喜ぶだろうと思ったが、意外にも寂しげに見えた。

「医者になるのか……。正人のお祝いになるようなものは持っていないな」

そう、ぽつりと言って、去っていった。


その後、最初の製図の授業にこの製図道具を持っていくと、クラスじゅうの学生が、好奇心まるだしに私のまわりを囲み、「古い製図道具だな」「古典的だ」と、無神経な発言を繰り返し、しまいには講師まで「明治時代の製図道具ですか」と言いだすほどだった。

恥ずかしさのあまり、翌日には貯めていた小遣いをはたいて新品の製図道具を買い、次の授業からはそれを使った。それ以降は、祖父からもらった古い製図道具の話題はなくなった。

新しい製図道具に切り替えた行為が、祖父のせっかくの好意を裏切っているようで後ろめたくもあった。祖父の製図道具は、机の引き出しの奥に、大切にしまっておいた。


こんな回想をしていると、祖父の記憶が、さらにさかのぼって蘇ってきた。

口うるさい祖父は、私がレポート用紙やノートを使って数学の計算をしていると、「紙がもったいないじゃないか！」と怒った。

そのあと、新聞に挟まれて配達されてくる片面印刷の広告用紙を束にして持ってきて、

「これはタダなんだから、この広告の裏を、計算なり、下書きに使え！」

と言って出ていった。

以降は、この広告用紙の束を持ってくることが慣例化していった。


やがて賢次叔父の部下三人と一緒に受付の準備に忙殺されたが、一段落すると、不思議だなと感じた光景が、また頭に浮かんできた。それは、やはり祖父が兄と私の部屋に来たときのことだった。

兄は、大学に入った頃から、急速に左傾化していった。兄の本棚は、専門の医学書よりも、マルクスの『資本論』やレーニンの『帝国主義論』といった本がびっしりと占有するようになっていった。

私は中学に入学したばかりで、兄がなぜ学生運動にのめり込んでいったのか、さっぱりわからなかった。ただ、父がひどく怒っていたことから、その一つの大きな原因が、それらの本だと思った。

そんなあるとき、祖父が広告の紙の束を持って、部屋にひょっこり入ってきた。

祖父は、

「これを使え！」

と言うと、ゆっくりと本棚のほうを向いた。

私は、まずいなと感じた。祖父が父以上に怒りだすのではないかと、危惧したからだった。いつ怒りを爆発させるかと、気が気でなかった。

しかし祖父は、一冊一冊の本をじっくりと見つめるだけで、何も語らず去っていった。

その後も祖父は、年に何回かは私たち兄弟の部屋を訪れたが、その都度、新しい本を丹念に見つめるだけで、何も語ることはなかった。

おそらく祖父は、父の仕事がうまくいかず、家計が苦しくなったため、われわれ孫たちの行く末が心配で、時たま訪ねてきたのだろう。祖父が亡くなった今、初めてそれを実感することができたが、祖父がなぜ何も語らなかったのかは、謎のままだった。

◇　◇　◇　◇

その晩は、道路の両サイドに所狭しと花輪が並び、僧侶がおごそかに読経する中、たくさんの人が弔問に訪れ、盛大なお通夜になった。

私は、受付の奥で、賢次伯父の会社の社員二人と香典の集計係をやらされた。

参列者の半分以上が、賢次伯父の会社の社員だった。次に多かったのは、意外なことに会津の親族と高齢の友人たちだった。祖父が勤めていた国鉄の関係者は、祖父がリタイアして二十年以上たっていたため、ごく少数だった。

賢次伯父の会社からは、社長も参列していた。

通夜が終わり、社長が帰りかけると、賢次伯父はぴったりと社長に寄り添い、コメツキバッタのように何度もお辞儀を繰り返し、親族や他の参列者はそっちのけで、社長車に誘導した。社長が乗車し発進すると、深々と頭を下げて、車が角を曲がるまで見送った。

受付の横でたばこを吸っていた大三郎伯父が、この光景を険しい表情で見つめ、吐き捨てるように言った。

「これじゃあ、まるで賢次伯父の会社の社葬だな。おやじが勤めていたのは、化学会社じゃなくて国鉄だろう！」

通夜振る舞いが始まると、勲伯父は、多数の人間と会話するのが煩わしいのか、早々に帰っていった。父も、健康状態が思わしくないので、母と兄に連れられて帰ろうとした。

すると、大三郎伯父が父に耳打ちし、何かの了解を取りつけたようだった。

大三郎伯父は、隣接する二部屋に押し込まれて黙りがちに酒を飲んでいた、十人余りの会津の親族や友人たちの前に立って、

「ここじゃ酒が飲みづらいだろうから、猛男の家に皆で押しかけようや。酒代は、俺が持つ」

と、賢次伯父への当てこすりのように言い、私には

「誠也！　酒屋に行って一升ビンを六本、それにウイスキーをボトル三本、俺が注文したと言ってくれ。酒屋の店長は、俺が同じ海軍出身だと知っているから、すぐに軽トラで運んでくれるよ」

と命じて、自ら会津の人たちの先頭に立ち、我が家へと向かった。

戦艦長門の砲撃手だったことが自慢の店長は、

「大量注文ありがとう！　大三郎さんの注文だから、真っ先に届けるよ」

と言うと、すぐに軽トラに酒を積みはじめた。

自宅に戻ってみると、会津の人たちは見違えるように和やかな表情になり、大三郎伯父や父と談笑していた。さらに酒を何度も飲み交わすと、座は盛り上がり、話に花がさいた。

兄も私も、小学生の夏休みに何度か一人で会津に泊まりに行かされたこともあり、酒をお酌して回っていると、「正人ちゃん」「誠ちゃん」と言って、親しげに声をかけてくれた。

我々も、会津のもぎたてのトマトがとても美味しかったことや、川で泳いで楽しかったことを、同年代の親戚と話した。

「誠ちゃんは、河童のように泳ぐのが上手だったなあ」

「でも、おぼれそうになったこともあるよ」

「そんなこともあったかなあ」

すると、祖父の姉の息子である高齢の孝雄さんが口を開いた。

「それじゃあ、河童の川流れだな」

そのとぼけた話ぶりに、周りじゅうが大笑いになった。

そのとき、私の頭の中いっぱいに、会津の暑かった夏の情景が広がっていった。

孝雄さんの家の壁には、長兄だった祖父の末弟である重四郎さんの遺影がかけられていた。父と仲のよかった重四郎さんは、陸軍中尉として大陸打通作戦で戦死したこと、その直前に父と偶然に出会ったと聞いたことも、思い出された。

さらに、孝雄さんから聞かされた、陸軍の衛生兵として、ニューギニアの地獄のような戦場で死線をさまよった恐ろしい体験談のことが、はっきりと記憶に蘇ってきた。


そんな小学生の頃の思い出にひたっていると、孝雄さんが祖父の思い出話を語りだした。

「重太郎おじが村一番の読書家だったんだ。重太郎が笑ったというだけで、村中で評判になったんだよ」

そして突然に考えてもみなかった祖父の経歴を明らかにした。

「重太郎おじは、マルクス・レーニン主義の農民運動をやっていたんだ」

その事実に驚愕していると、はじめて会った、矍鑠とした老人が、言った。

「重太郎さんは、われわれ農民運動の指導者だった。よくがんばってくれたが、官憲に追われ、上京せざるをえなかったんだ」

いかにも好々爺といった別の老人が、朴訥とした口調で言った。

「重太郎さんは寡黙だが、節を曲げずに、われわれを引っ張ってくれた。わしらはみんな、今でも義に生きた重太郎さんを尊敬しているよ」

兄は、感極まった顔で、その老人の前で正座し、深々と頭を下げた。

「それで祖父のために、わざわざ会津から来ていただいたんですね。祖父も喜んでいると思います。ありがとうございました」

そのとき私は、なぜ祖父が兄の本棚を見て何も言わなかったのか、はっきりとわかった。そして祖父が兄を心配し、兄の肩を持った理由も、明らかになった。

謎は完全に氷解したのだ。

祖父は、孫たちを集めて、先祖が会津武士だったことや、自分が苦学して国鉄のエンジニアになったことは何度も語ってくれたが、農民運動家だったことは、決して語らなかった。

しかし、会津の反骨の精神を孫たちに教えることで、そのことを間接的に語ろうとしたのだと、そのときの祖父の心情が理解できる気がした。


翌日の葬儀は、お通夜と同じく賢次伯父の会社の社葬のようだったが、伯父の会社の人間は仕事が忙しいのか、昨晩よりも少なかった。

そのかわり、近所の人たちや、国鉄時代の祖父のエンジニア仲間だった高齢の人たち、それに祖母の父親が博徒の親分だった関係からか、スキンヘッドやパンチパーマの目つきの鋭い人たちが多数参列していた。

その中で特に印象に残っているのは、葬儀の直前に来た在日の青年二人だった。少年の頃に柿どろぼうをし、その後は祖父母の勧めで、毎年秋になると柿もぎに来るようになった青年たちであることを、共に柿もぎをしてきた私は、すぐにわかった。

彼らは葬儀直前に訪れ、早めに焼香しようとした。

二人の姿に気づいた祖母は、喪主であるにもかかわらず、棺のある部屋から焼香台へ飛び出してきた。

「じいさんが、死んじゃったんだよ」

「私たちも、とても悲しいです」

彼らはそう言い、涙を流しながら焼香した。

それを迷惑そうに見ていた賢次伯父は、部屋の中で立ち上がると、

「葬儀前に来られると困るんだよな！」

と大声で怒鳴った。

この無神経な罵声に、身を縮こまらせた青年の一人は、

「焼き肉店、五時から開店します。その準備があるために早く来てしまいました。すいません」

と、頭を下げた。

賢次伯父の冷たい態度に苛立った祖母は、青年二人に
「葬儀前だって構わないよ。来てくれただけで、ありがたいよ。元気にがんばるんだよ！」

と、励ましの言葉をかけた。

私が玄関まで送っていこうとすると、大三郎伯父が追いかけてきて、深々と頭を下げた。

「兄が失礼なことを言って、すまなかったな」

すると、今まで黙っていたほうの青年が、口を開いた。

「そのこと、気にすることないです。日本のおじいさんとおばあさん、私たちの焼き肉店の開店のときに、お祝いに来てくれました。私たち、とても、とても嬉しかった。その後も、おじいさん、私たちの店に何度も来て、焼き肉食べてくれました。私たち嬉しくて、何度も、何度も、お礼言いました。そう言っても、おじいさん『散歩のついでに来ただけだから』とだけ言って、お釣りを決して受け取ろうとせず、出ていきました。おじいさん、あまりしゃべらない。でも私たちのこと、いつも心配してくれていたこと、わかりました。だから日本のおじいさんに、感謝しています」

大三郎伯父は、何も言うことができなかった。顔を伏せた伯父の目には、光るものがあった。

横にいた私も、胸に熱いものがこみ上げてきて

「わざわざ来てくれて、ありがとうございます」

と言うのがやっとだった。

受付に戻ろうとすると、たわわに実った数えられないほど多くの柿が、視界いっぱいに広がった。

葬儀後は、伯父たちと父による親族会議が何度か開かれた。

父はあまりしゃべろうとしなかったが、言葉のはしばしから、その会議が遺産相続の前哨戦のような対立の様相を呈していることが察せられた。

広い家に祖母一人を住まわすのは不用心だということで、賢次伯父が家族ぐるみで引っ越してくることだけが決定された。

まだ学生だった私には、相続の話はわからなかった。しかし一つだけわかった確かなことは、祖母を中心に伯父たちや父、さらにその孫たちが集まる新年会は、もう二度と開かれないということだった。

前年まで続いてきた大家族のつながりは断ち切られ、これからは確実に核家族化が進行していくように思えた。

そのことを部屋で兄に話すと、より社会科学的な観点からの見解が述べられた。

「戦後の混乱期を経たあとの高度成長により、都市化の波が急速に進行してきた。その結果、家族の形態が変わり、ひいては日本社会の構造も大転換しつつある。まさに戦前、戦中、戦後とあらゆることが変化した激動の昭和史は、さらに根本から変わろうとしているように、俺には思えるんだ」

兄は、学生運動から手を引いていたが、相変わらず社会を構造的に捉え、理論的に説明しようとする姿勢を変えようとはしていなかった。


ただ、そうした昭和史の構造変動にいっさい無縁だったのが、勲伯父だった。

そのことは、通夜の日の孝雄さんの一言が、象徴しているように思えた。

「誠ちゃん。勲さんは、戦前はとても社交的で、人の集まりに積極的にとけ込んでいたんだよ。洗練されたハンサムな勲さんと話していると、銀座の匂いがするように思えたな。ところが戦後四年経ってビルマから帰ってきた勲さんは、表面上はやつれているだけで、相変わらずの勲さんなのだが……何かが違うんだ。わしは、今も勲さんが好きなんだが、あまりしゃべりたがらない。特に、戦争中の話題になった途端に、貝のように口を閉ざしてしまうんだ。それに、今夜のような人の集まりも、避けるようになってしまった」

孝雄さんは残念そうな表情でため息をつき、何かを考えるように押し黙った。

そのあと、ぽつりと言った。

「戦後の勲さんは、戦前と変わらずに商社マンとして活躍してきたはずなのに、自分の過去も未来も何も語らなくなった。いつも明るい顔で将来を語っていた戦前の勲さんは、どこへ行ってしまったのだろうか。何か世をはかなんでいるようにも見えるんだ。まるで昔の隠者のようだなあ……」

その一言が、つねづね私が感じていたことを、的確に言い当ててくれたように思えた。

第六章　俳人子葉を追体験する旅

伯父は、翌年の三月末に定年退職した。

ほぼ同時に、伯父が私の卒業までの三年分の授業料を振り込んでくれたと、母から伝えられた。

春が過ぎ、暑い夏が終わり、秋が深まって美しい紅葉が木々を彩っても、伯父からの連絡はなかった。

枯葉が舞い散るようになった頃、ようやく伯父からの手紙が届いた。

伯父からの手紙

四月から、俳人子葉の『丁丑紀行《ていちゅうきこう》』を追体験する旅の準備を始めました。

まず国立国会図書館に通い、『丁丑紀行』の原典を探しあてて、コピーを依頼し、何度も精読しました。

そして、〝俳人子葉が生きた元禄時代とはどういう時代だったのか〟という視点から、多くの本を読み、時代認識を深めていきました。

俳句は、当時のどういった人たちに詠まれていたのか。

俳人子葉は武士だったが、当時の武士はどのような価値観を持っていたのか。

元禄時代を代表する俳聖——松尾芭蕉の『奥の細道』を読み、芭蕉の全体像を描くと、どのようになるのか。

こうした準備は、これまで経験したことのなかった知的刺激に満ちたものでした。他人が見れば地味な読書とノート作りでしかないかもしれませんが、それはそれでとても躍動的で、次々に好奇心がわき起こる〝知的冒険の旅〟とも言えるものでした。

私は、六十歳に至って初めて、歴史の面白さを知りました。

もっと早く気づけばよかったと、何度も思いました。

そうこうするうちに、あっという間に時間は過ぎていき、秋も深まって、十月も終わろうとしていました。

いつまでも〝机上だけの知的冒険の旅〟を続けるわけにはいきません。

十一月に入り、スケッチブックとノートをリュックに入れて、『丁丑紀行』を追体験する旅をスタートさせました。

ようやく江戸から出発して、相模国は酒匂川《さかわ》を越えたところまで、踏破しました。

十二月には、アジアの仕事の後始末ということで、インドに行こうとしています。


その後はインドにいるのか、伯父からの連絡は何もなかった。

翌年の夏も終わる頃、やっと二通目の手紙がきた。

その手紙には、引き続き俳人子葉の旅を追体験しながらスケッチを描き、エッセーをしたためていること、また前年と同じように、冬にはインドに行くということに加え、『奥の細道』で詠まれたいくつかの俳句の風景をスケッチする旅もしていると書かれていた。

手紙を読みながら、来年こそは伯父に会いたいと思った。

なぜなら、来年には大学四年になるため、就職活動をしたり、ゼミで卒論を書かねばならない。それに再来年に就職すれば忙しくなり、伯父と会う機会が少なくなると予感したからだった。就職後のビジネスのやり方を、経験豊富な伯父から学びたいとも思った。

そのことを伯父宛の手紙に書いて投函した。

二週間後に、伯父からの三通目の手紙が来た。手紙には、「この冬で、インドへ行くのは終わりにします」と書かれていた。

そして「『丁丑紀行』を追体験するスケッチとエッセーの旅も、来年には完成する予定です。誠也との約束もあるので、来年には必ず会いましょう」と書かれていた。

私は、来年こそ、伯父に会えることができるのだと思い、期待に胸がふくらんだ。

◇　◇　◇　◇

翌年四月に入ると、卒業論文に没頭するようになり、伯父との連絡に気をまわす暇がなくなっていった。

春が過ぎ、夏になっても、伯父からの連絡はなかった。

秋には、それまでの積極的な会社訪問が功を奏し、コンピュータメーカーから内定の通知が来た。これで就職の目途も立って、今まで以上に卒業論文に集中できたが、時たま、伯父からの連絡がないことも気になっていた。

そんな折、十一月の上旬に、ようやく伯父から連絡があった。

「俳人子葉の追体験の旅が終わりに近づき、スケッチとエッセーも完成しかけている。誠也の就職内定の祝いも兼ねて、浅草の老舗の鰻屋で会うことにしよう」

そのように言って、十一月第三週の土曜日を指定してきた。


その日は午後四時に浅草の雷門の前で待ち合わせたが、伯父の姿を見るなり、私はとてもショックを受けた。

なぜなら、伯父の頭髪が真っ白になっていただけでなく、顔にまるで精気がなくなっていたからだった。伯父の特長だった機敏な所作も全く見られなくなっていた。

「久しぶりだな。随分と逞しくなったな」

伯父は、私を見てまぶしそうに微笑んだが、その言葉に力はなかった。

「この通りの先にある鰻屋を予約してある」

伯父は歩き出したが、歩くのがやっとの状態だった。

店に着くと、着物姿の女将に予約した貴島勲であることを告げた。

「お待ちしていました」と女将は答え、きびきびとした動作で、伯父を気遣いながら、二階のこじんまりとした個室へと導いた。

階段の壁面には、鰻屋の内装としては異質なモダンなステンドグラスがはめ込まれており、レトロな雰囲気を醸し出し、歴史を感じさせた。伯父はステンドグラスを見る余裕もなく、手摺りを使いながら苦労して上がっていった。

それでも伯父は、二階の古風な個室に入ると、瓶ビールをグラスに注ぎ、

「誠也の内定を祝って、乾杯！」

と力を込めて言い、努めて明るく振る舞おうとした。

私は、伯父がこれまで、ジョッキのビールを好んで飲んでいたことを思い出していた。というのも、今日の伯父は、小さなグラスに入ったビールをほんの少し飲んだだけだったからだ。

それを私から指摘されたくないと思ったのか、お店のことを話題にした。

「この店は百年以上の歴史を持っている。勝海舟やジョン万次郎も鰻を食べに来ているんだ」

そのあと伯父は、鞄からデパートの包装紙に包まれた箱を机の上に置いて、こう言った。

「内定おめでとう。コンピューターメーカーに決まってよかったな。猛男が嬉しそうに、電話で教えてくれたよ。これは、ささやかだが、私からの内定祝いだ。さあ、開けてみてくれ」

箱の中は、高級な財布と名刺入れだった。

私は、歩くのがやっとの状態の伯父が、無理を押してデパートでプレゼントを買ってくれたのだと思い、胸がいっぱいになった。

「伯父さん、いつも本当にありがとうございます。私が高校、大学と進学でき、就職の目途が立ったのも、伯父さんの精神的、経済的なバックアップのお陰です。しかも、そのたびにお祝いしてもらい、今回もお祝いの席を設けてもらいました。ほんとうにありがたく、心から感謝しています」

正座して威儀を正し、深々と頭を下げた。

「そんな改まった言い方をすることはないよ。名づけ親として、誠也の成長を節目で祝い、見守り続けたかっただけだよ。それに、ここまでこれたのは、誠也の日々の努力の賜物だよ」

そう言うと、再び鞄の中に手を入れ、今度はノートとスケッチブックを取り出した。

「俳人子葉の旅を追体験したエッセーとスケッチブックだ。これも誠也への贈り物だ」

「そんな……」

私が、この意外な申し出に絶句していると、さらに追い打ちをかけるように、ショッキングなことを言った。

「この贈り物は、二つとも未完成だ。子葉の追体験の旅は、須磨の海岸を詠んだ俳句のエッセーとスケッチで終わっている。もう一歩のところまで来ているのだが、これ以上は仕上げられそうもない」

衝撃を受けた私は、力なく、「どうしてですか」と聞いた。

伯父は少しためらったが、意を決して口を開いた。

「実を言うと、この夏あたりから体の調子が思わしくないんだ。それで先日、病院で診察を受けたのだが、『即、入院しなければならない』と医者に強く言われてしまった。だから、その旅の終着点の部分は、誠也に何としても、スケッチを描いてもらいたいんだ。それが私の最後のお願いだ」

しばらく、氷ついたような沈黙が続いた。

私は何を話していいかわからず、動揺し続けた。鰻重はとても美味しいとは思ったが、食べた気がしなかった。伯父も好物の鰻だけを食べ、ご飯は半分も食べることができなかった。

食事が終わると、伯父はかつて元気だった頃には考えられないことを言い出した。

「誠也、すまないが、タクシーを呼ぶように女将に頼んでくれないか」

伯父は、タクシーの中で黙り込み、自宅に近づくと、ようやく小声でつぶやいた。

「三日後には入院する。精密検査の結果如何では、手術をしなければならない」

伯父を送りとどけ、その足で家に帰り、父母にそのことを告げると、二人共、顔色が変わった。

そして三日後には、父の指示により、私と母が入院の準備を手伝い、タクシーで病院まで付き添った。

伯父は、何度も「すまないな」と繰り返したが、鞄に便箋とノート、それに筆記用具を持ち込むことにひどくこだわり、私が、

「絶対安静だから、ノートを書くのは、やめたほうがいいですよ」

と言っても、

「今まで書いたレポートに、多少、加筆するだけだから」

と言い張った。

ノートは、俳人子葉の追体験の旅を書いたものと同じ、分厚いものだった。


一連の入院手続きを終え、病室に立ち寄って言葉をかけると、伯父は起き上がり、一通の手紙を渡そうとした。

「これは、戦争中に共に仕事をしてきた同期の友人宛ての手紙だ。帰りに投函しておいてくれないか」

手紙の宛先は「風間《かざま》 徹《とおる》様」と書かれていた。

伯父から初めて聞く「同期の友人」、しかも戦中に一緒に仕事をしていた友人がいたことに興味を持った私は、

「必ず投函するよ！」

と力強く言って、母と病室を出た。そしてバス停の途中にあったポストに、その手紙を投函した。


この慌ただしい三日間、兄は不在だった。

年明けから、北海道の紋別の近くにある診療所を引き継ぐことが決定され、その準備のため北海

道に行っていたからだった。

「都会の医者にはならない。医療の行きとどかない地域で医療活動に従事したい」という持論を、兄は真摯に貫こうとしていたのだ。

兄に連絡すると、

「わかった。誠也も母さんも大変だったな。すぐに戻るわけにはいかないが、もし手術ということであれば、年内に必ず戻る。だから心配するな。誠也が手術するわけじゃないんだから、ジタバタしてもしょうがないぞ」

と落ち着きはらって言った。このアドバイスに、私も平常心を取り戻すことができた。


伯父が入院して、ようやく一段落したと思った私は、伯父からの贈り物である俳人子葉の『丁丑紀行』追体験のエッセーを精読し、スケッチブックを鑑賞することにした。

そのためには、誰にも邪魔されない静かなところがよいと思い、翌日の午後二時過ぎに、池上本門寺に隣接した区立の図書館へ向かった。自転車で二十分もかからなかったが、その日は木枯らしが吹いており、寒さが身にしみた。

本門寺の山門付近には、木々が北風に揺れ動く、寒々とした光景が広がっていた。

図書館の席に着くと、さっそくノートを開き、エッセーを読み始めた。

『丁丑紀行』追体験の旅（一）

このエッセーは、俳人にして武士の子葉が、元禄十年の秋、十六日間の参勤交代時に記した紀行文『丁丑紀行』を、現代に生きる筆者が追体験した旅の記録である。

旅と並行して、子葉により俳句が詠まれた場所の風景のスケッチも試みた。

これから引用する『丁丑紀行』は、筆者が国会図書館で探し当てた原文に基づいている。

この紀行文は、子葉二十六歳のときに書かれており、文章も俳句も共に、青年武士が書いたものと思えぬほどの完成度を見せている。

筆者は、その早熟ぶりに、ただただ圧倒された。

ちなみに、俳聖と言われた松尾芭蕉はすでに亡くなっていたが、『奥の細道』はまだ刊行されていなかった。

このことからも、紀行文の分野において、子葉がいかに先駆的であり、才能溢れる俳人だったかが示されていると言えるだろう。

前置きはこれくらいにして、江戸出立の際の原文と俳句を引用する。


文月九日、朝曇りて涼し、卯の刻に馬をすゝめ、いきほひ百里の雲に向へば、例の誰かれ門送りし、馬の上舟の渡り道すがらの事ども、何くれこまやかに心ざしを餞別してわかれを慕へば、今更江戸の名残も惜ふて、

秋風の嬉し悲しきわかれ哉《かな》

旅珍しき心ちに道のほども近ふ覚えぬ。ことなる事もあらず戸塚に御止宿まします。

子葉は、水間沾徳を師として俳句を学んだが、芭蕉の弟子として有名な宝井其角とも交流があった。こうした俳句の師や俳人仲間との別れを惜しんだことが、この文章と俳句から推察することができる。

なお、この五年後の十二月にすす払い売りに身をやつした子葉が其角と出会い、俳句を詠みあうシーンは戦前には有名だったが、この逸話は、後に創作されたものだと言われている。

この出立の場所は、藩の上屋敷のあった鉄砲洲だった。

ここに藩士たちは集結し、参勤交代の旅をスタートさせたのである。

そこで筆者は、この鉄砲洲の屋敷跡を調査し、その場所が聖路加病院の横にある「あかつき公園」であることをつきとめた。

十一月一日の午後、最初のフィールドワークということで、地下鉄日比谷線に乗り、築地駅から歩いて現地に赴いた。

しかし当然のことながら、藩屋敷が残っているわけではなく、都会に数多くあるブランコや砂場のある公園でしかなかった。それでも筆者は、多数の子どもたちが歓声をあげながら遊ぶなか、藩屋敷の痕跡が少しでもないかと探しまわった。

公園内は、聖路加病院と道を隔ててはいるが、病院に沿って、思いのほか奥行があった。また紅葉しかけた木々が美しく、安らぎを覚えたが、結局、藩屋敷の痕跡は何もなかった。

ただし、石碑があり、そこには福沢諭吉が慶應義塾を創設した地であると刻まれていた。

さらに公園の奥には、シーボルトの胸像があり、その下にはシーボルトの娘イネが、日本で初めて産院を開業した場所だと書かれていた。

この付近からは、聖路加病院の礼拝堂の十字架が見え、明治元年に欧米人の居留地となったこともあり、周囲の下町とは異なった、どことなくハイカラな景観が広がっていた。

筆者は公園のベンチに座り、ラフスケッチを二枚描いてみたが、藩の上屋敷があったことを示すものは、何も描くことができなかった。

落胆する気持ちに陥りながらも、公園をラフスケッチするうちに、歴史の変遷を強く感じることができた。

江戸時代以前は海だった鉄砲洲は、元禄時代には子葉の藩の上屋敷になり、幕末から明治に慶應義塾の創設地になり、明治以降は欧米人の居留地になっていった。

そんな感慨にひたっていると、〝どのような場所でも、そこには地層を重ねるように固有の歴史が堆積している〟という思いを深くした。

そして三百年近く昔の子葉の旅を追体験しようという筆者の試みにおいて、これから何度も同じ思いにとらわれるのではないかという予感がした。

子葉たち一行の最初の宿は、東海道五十三次の五つ目の宿場町である戸塚であった。

筆者は、東海道の最初の宿場である品川から、六郷の渡し跡を確認し、川崎、神奈川を経て、三日間かけて、戸塚宿の本陣跡の石碑まで歩いてみた。

しかし、旧東海道が京浜工業地帯の真ん中を通っているためか、一里塚や高札場の跡地などしかなく、往時を偲ばせるものは、ほんのわずかしか発見することができなかった。そのため、子葉がどのような風景を眺めながら戸塚の本陣に向かったか、頭の中で想像するしかなかった。

わずかにできたことは、当時とさほど変わっていない御殿山のスケッチだった。

戸塚まで歩いた三日間の成果物がスケッチ一枚だったことに、追体験の旅の難しさを痛感した。

その一方で、中央区の鉄砲洲から、横浜の先の戸塚まで、約三十六キロメートルの行程を一日で歩き通した元禄の武士たちの健脚ぶりには感嘆を禁じえなかった。

ただし子葉は、その後の俳句から推察できるのだが、徒歩ではなく、馬に乗って旅していたようだ。子葉は二十石の下級武士だったが、中小姓だったため、馬に乗ることが許されていたのかもしれない。

翌日、子葉は二つ目の俳句を詠む。

十日夜中より雨降、藤澤遊行《ゆぎょう》の寺にて、

上人のお留主久しや秋の雨

この句は、時宗の総本山である遊行寺《ゆぎょうじ》の代々の上人が行う伝統行事を知らなければ、理解できない。子葉は、この句によって、上人が敦賀まで出かけた徳に、敬意を表したのである。

これまで筆者は、時宗が一遍上人を始祖とする鎌倉仏教であり、一遍自ら諸国を放浪し、踊り念仏を民衆に広めていった革新的仏教と認識していた。そのため、総本山があることに、やや違和感を覚えた。

とはいえ、総本山ということなら、子葉が見た遊行寺がそのまま残っているかもしれないという期待もあって、十一月十五日に、藤沢駅より遊行寺を目指した。

藤沢は、東海道六番目の宿場町であり、遊行寺の門前町でもあったため、大変に栄えたと記録されていた。

その東海道沿いに十分ほど歩き、小さな川を渡ると、時宗総本山と書かれた山門があった。山門をくぐり、急坂の参道を登りきると、前方に大きな本堂が見えてきた。本堂の周りは、鬱蒼とした緑の林に覆われていたが、紅葉しかけた木々も散見された。

この日は午前中まで雨だったが、本堂に着いた頃には青空となり、うろこ雲がたなびいていた。

筆者は、子葉もそうしたであろうように、本堂にお参りした。

振り返ると、右側に巨大な銀杏の木が視界一杯に広がっていた。大銀杏の幹回りは六メートルを超えているという。晩秋になっていたが、その大銀杏に黄色い葉はまだ見られなかった。とはいえ、黄緑の葉が生い茂り、見事な眺めだった。

遠方には、ビル群のある藤沢の町が広がっていた。

江戸時代には、当然のことながらビル群はなかった。だとするなら、かつて子葉がこの本堂を訪れたときには、雨に煙る江の島が見えたのかもしれなかった。

そんな感慨にひたりながら、さらに右の方向に視線を移すと、木立の中に大書院が見えた。

看板には「明治元年に東征軍の有栖川宮大総督の御宿泊所になった」という説明文があった。

その横には「供奉《ぐぶ》員は西郷隆盛」と記されていた。

筆者は鉄砲洲の公園で感じたのと同様に、寺院という限られた場所においても、次々と歴史のひとこまが重ねられてきたことを実感した。

鎌倉時代に一遍上人が踊り念仏を諸国に広め、そのあと時宗総本山の遊行寺が建立された。時代は下り、江戸時代の元禄期に至ると、俳人の子葉が参詣した。明治の幕開けには、東征軍の有栖川宮大総督の宿泊所となったのである。そして今、東征軍に敗北した会津の下級武士を先祖に持つ筆者が、この遊行寺を訪れている。

そんな歴史の重みを感じていると、遊行寺を描こうという意欲が猛然と湧いてきた。天候にも恵まれ、平日のためか参詣する人も少なく、スケッチするには絶好の場所だった。じっくり時間をかけて遊行寺の景観を描いていき、藤沢のビジネスホテルに宿泊して翌日も描き続け、自分でも満足のいく三枚のスケッチを完成させることができた。

私はここまで、伯父のエッセーを精読しながら、図書館にある東京や神奈川の地図を使い、伯父の徒歩の経路を詳細に確認した。

そのあと、鉛筆で描かれた六枚のスケッチをじっくり鑑賞した。すると、黒鉛筆でデッサンし、自宅に帰ってから色鉛筆で巧みに彩色していった伯父の姿を、はっきりと頭の中に浮かべることができた。こうしてできあがった精緻なスケッチを見れば見るほど、伯父の絵描きとしての才能をひしひしと感じた。

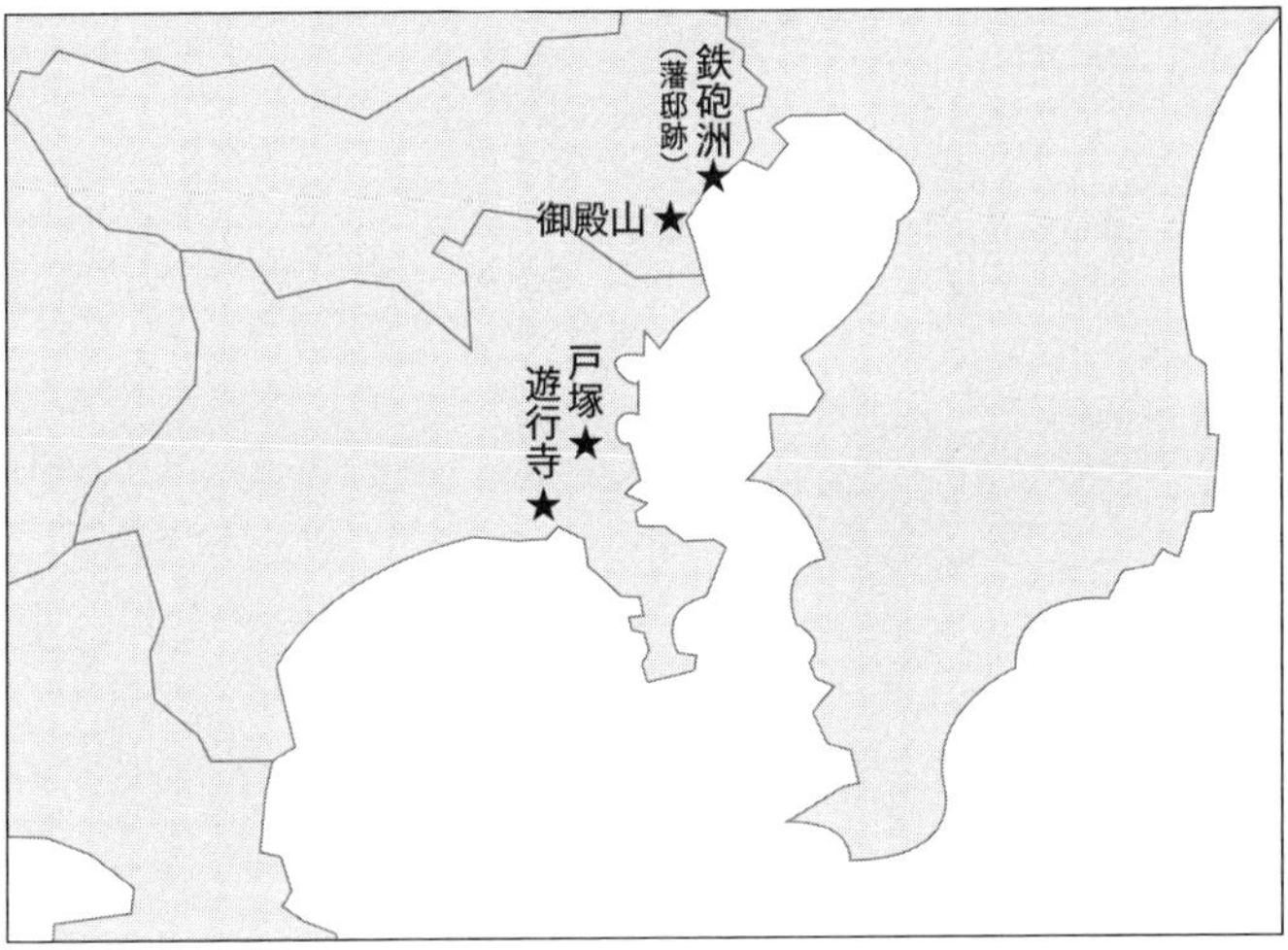

ただ、御殿山のスケッチは、ベンチもない場所で立ったまま短時間に描いたか、自宅に帰って脳裏に焼きつけた風景を再現したとしか思えなかった。
そのことから、以前に「眼の中に精密な写真機が入っているのではないか」と言って伯父を不機嫌にした記憶が蘇ってきた。その記憶が鮮明だっただけに、御殿山のスケッチも、何らかの特殊な絵画技法によって描かれたのではないかという疑問がわきあがってきた。

解明できそうもない答えを探るうちに、時間はあっという間に過ぎ、図書館の閉館時間が迫っていることに気づいた。

晩秋の陽は短く、窓の外は暗くなりかけていた。

仕方なく、エッセーとスケッチの続きは明日ということにし、木枯らしの吹く中を自転車で帰った。

翌日は、晩秋にはめずらしく小春日和の天候だった。

私は、開館と同時に入館し、エッセーを読み始めた。

生真面目な伯父は、子葉の俳句が詠まれた地を必ず訪れ、詳細なエッセーを書き、スケッチを描こうと努力していた。

私も、エッセーを単に読むだけでなく、興味ある部分を抜粋して自分のノートに転記することで、その特性を明らかにしていこうとした。

『丁丑紀行』追体験の旅（二）　抜粋

翌日、筆者は大磯に泊まり、三島に向かった。

藩士一行は、箱根の畑の茶屋で餅を食べた。この茶屋では鮎の鮓《すし》も売っていたため、子葉はこう詠んだ。

朝霧に鮓の匂ひの覚束な

三島から興津までの間、風光明媚だが難所で名高い薩埵《さった》峠で、子葉はこう詠んだ。

稲妻と走りぬけけり親しらず

筆者は、実際にスケッチブックを持って、薩埵峠を登ってみた。標高は九十メートルとさほど高くないが、海に迫っているため、東海道の「親しらず」と言われていた意味がよくわかった。

この日は、子葉が峠越えした日と異なって、雲一つない天候で、はるか海の先に富士山を遠望することができた。眼下には太平洋の大海原が迫り、山と海のわずかな隙間を、国道一号線がぬうように走っているのが見えた。

筆者は、稲妻が走り、雨が降っていたために子葉の見ることのできなかった富士山を視野に入れることができ、江戸時代の旅人の気分になって、いくつものアングルからスケッチを完成させることができた。


東海道を西へ向かう子葉は、その後も日に一句は俳句を詠み、文を綴っていった。

筆者も旧東海道を歩き、子葉の俳句にそってエッセーを書き、スケッチをしてきた。

しかし、東海地方自体が東京と関西を結ぶ大動脈となっているため、旧東海道周辺にも次々に工場が建設され、それにともなって宅地化が進み、往時を偲ぶことが困難となっていた。

江戸を出立して八日目、子葉らは伊勢湾の海上七里を桑名へ向かった。


十七日、順風に渡海す、七里をたゞ半時（一時間）計《ばかり》に至る、

雁金も追ひてに渡れいせ《伊勢》の海

桑名に御休足まします。

この日、子葉たちは、伊勢湾を順風に乗って約一時間で渡海できたため、熱田宿から桑名まで、海上七里を含めた約七十七キロメートルをわずか一日で移動することができた。

筆者は、この海上風景だけでも描こうとしたが、大半が埋め立て地となってしまったため、スケッチブックを開くことすらできなかった。

桑名から四日市に向かう海側には、千百ヘクタールの敷地に巨大なコンビナートが稼働していた。戦後の工業化がもたらした負の遺産とも言うべき公害問題がここから発生しており、そのことを意識すると、スケッチする気持ちさえ起きなかった。

近江国に入った子葉は、水口を経て、琵琶湖に近い栗津が原の義仲寺《ぎちゅうじ》へと向かった。

栗津が原義仲寺へ参侍りて、先翁の隠れ給ひし塚に向へば、いつしか四とせの露霜を経て、
秋の草しほれがちに、しるしの芭蕉ものわきにやぶられぬ、
水むけ中合掌するにぞ、例のそゞろ涙いとけやうし、
面受口闕のわれにもあらねば、尊霊も却てとがめたまふべきやと、

こぼる、をゆるさせ給へ萩の露

この句には、芭蕉の墓のまわりに萩が咲き、葉から露がこぼれおちる情景の中で、子葉が、武士らしからぬ涙を流したことが詠まれている。

義仲寺は門構えがしっかりしており、境内には三角形の墓石に「芭蕉翁」と刻まれた芭蕉の墓

があった。

筆者は、さっそく芭蕉の墓をスケッチした。義仲寺の質素な玄関には、葉の広がり具合のよい芭蕉が植えられており、それも時間をかけてスケッチすることができた。

悲劇の武将とも言うべき木曽義仲の墓もスケッチした。

義仲寺は、かつて琵琶湖に面した景勝の地に建立された。現在、周囲には住宅が密集しており、その面影はないが、この寺に一歩踏み入れると、あかつき公園や遊行寺で感じたように、歴史が地層のように重なって堆積されていることを確認することができた。

それに加えて筆者は、芭蕉の墓に詣でて、『奥の細道』のいくつかの地をスケッチすることで、芭蕉の旅も追体験したいと思った。


廿四日、兵庫を夜に出る、漸々須磨のほとりにて浪白ふ明わたるに、馬の上のねぶりも覚て、

目の覚る須磨の夜明や月も有り

この句は、須磨の海岸の、まだ月も見える美しい夜明けを描いている。

この美しい情景をすぐにでも見たいと思い、筆者も、須磨の海岸に出かけた。海岸は現在、海水浴場になっており、昼間は、波とたわむれる海水浴客で埋め尽くされていた。

宿をとって翌朝、夜明け前に海岸に出てみると、人影は全くなく、月明かりに照らされた薄明の空と海岸を集中してスケッチすることができた。

このときは、子葉の見た情景と自分のスケッチが、時空を超えて一体となったように感じた。

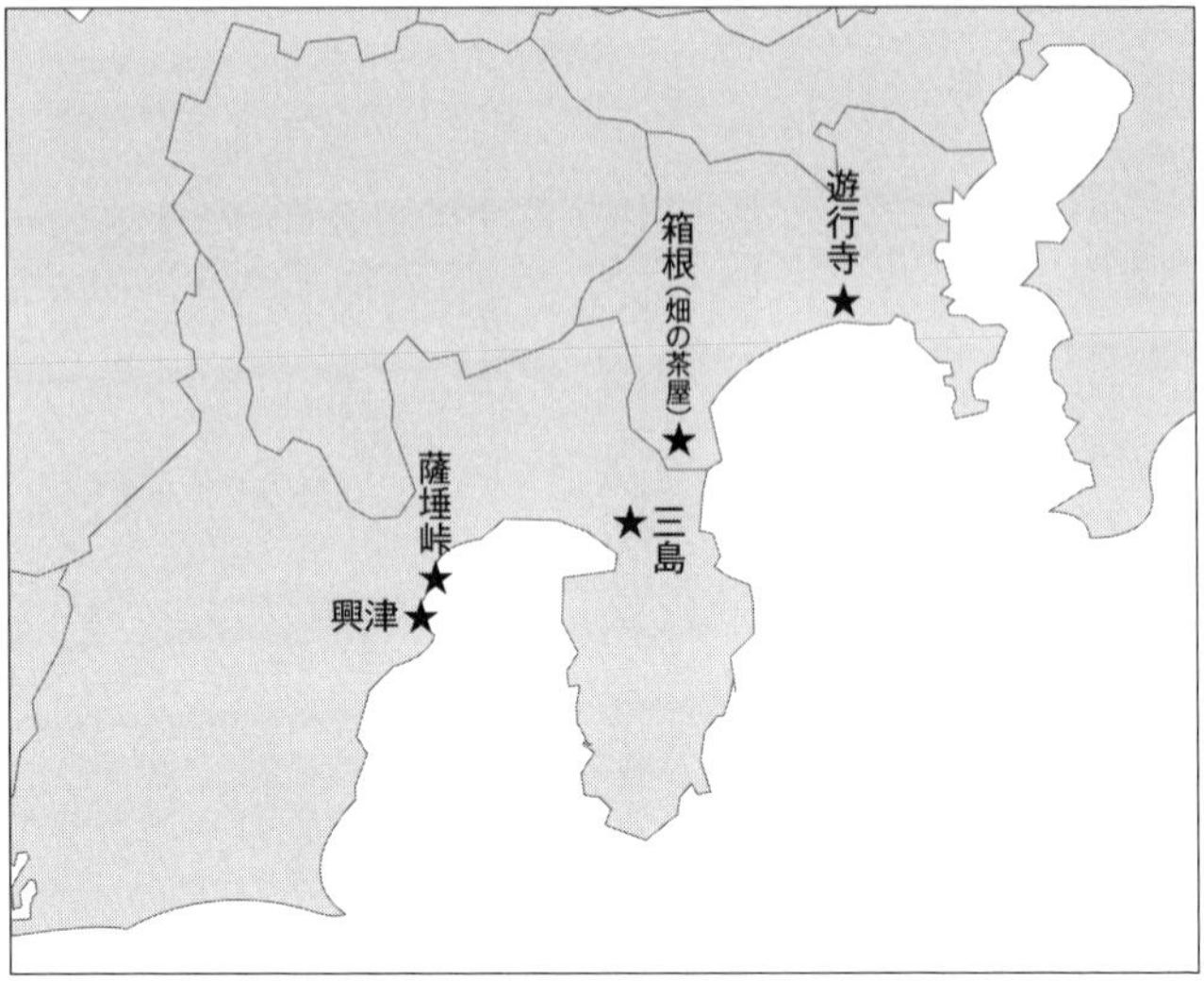

遊行寺
箱根（畑の茶屋）
薩埵峠
三島
興津

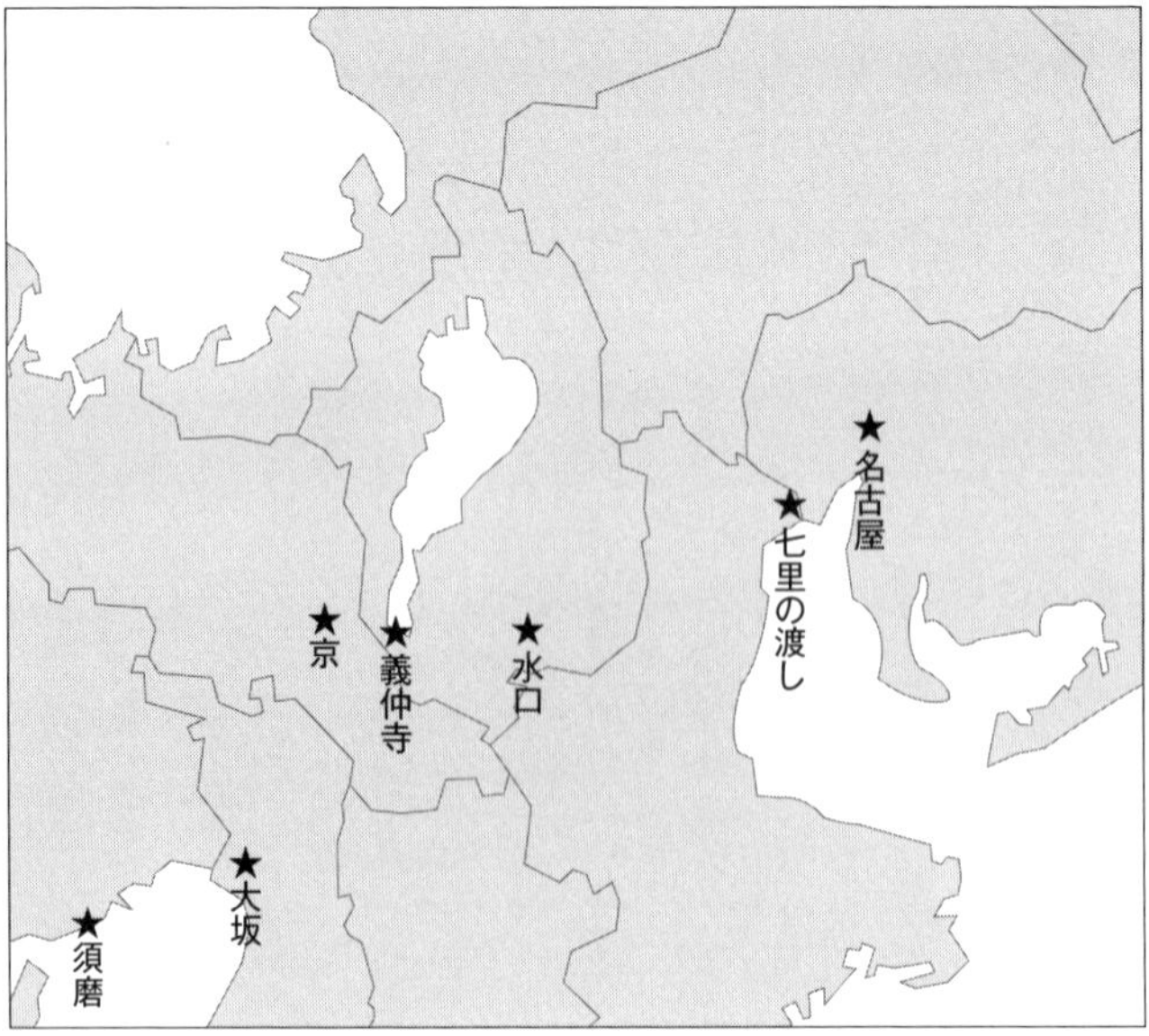

名古屋
七里の渡し
京
義仲寺
水口
大坂
須磨

エッセーはここまでで、未完のまま、ぷっつりと途切れていた。

このページから十ページが完全に空白になっており、十一ページ目からは、追記として芭蕉に関する論考が書かれていた。

「旅の終着点の部分は、誠也に仕上げてもらいたい」という伯父の願いが、この十ページの空白に込められているように思えた。

しかし、子葉の旅の終着点がどこなのか、伯父は明示しておらず、そもそも子葉の属する藩がどこなのかも、皆目検討がつかなかった。

私は、しばし茫然自失の状態だったが、当面、手掛かりがつかめないため、ともかくも、十一ページ先に書かれた芭蕉の論考を読むことにした。

論考の第一章では「芭蕉の略歴」、第二章では「『奥の細道』における各地の俳人との交流」が、克明に書かれていた。

特に第三章では、芭蕉の全国各地の俳人とのネットワークが分析されており、情報ネットワークシステムを専攻してきた自分にとって、極めて関心の高いテーマだったため、精読することにした。

追記・第三章　「芭蕉の俳句ネットワークに関する試論」

◆三つの特性

松尾芭蕉の生涯を「俳句のネットワーク」という視点から概観すると、三つの特性がはっきりと浮かび上がってくる。

その第一は、俳句に親しむ人々の職業が多様なことである。実際『奥の細道』の旅においても、芭蕉と曾良は、各滞在地で、武士、商人、画工、僧侶、医者といったさまざまな職業を持つ俳人たちと交流していたのである。このことは、なにも『奥の細道』の旅路となった北関東や東北、さらには北陸の俳人に限ったことではない。

そもそも、全国に数多くいた芭蕉の弟子たちも、さまざまな職業を持っていた。

そこで芭蕉のもとで多くの名句を残した「蕉門十哲」の職業と略歴に着目することにした。職業を、親の職業や当人の元職業にまで広げて捉えると、以下のようになる。

・武士……三名　・商人………一名　・医者の息子……二名
・職人……二名　・宗教家……二名

そして、親から俳諧師として育てられた人間は、芭蕉も含めて皆無なのである。

しかも、著名な「蕉門十哲」の中にさえ、専業の俳諧師でない者もいることから、そもそも〝二つの顔〟を持った〝二足の草鞋《わらじ》を履く〟俳人が一般的だったと言える。

なお、すでに述べたように、芭蕉の第一の門弟である宝井其角は、子葉と深い交流を持っていた。

俳句のネットワークの第二の特性は、そのカバーする範囲が大都市に限られているわけではなく、全国に分布する都市や農村も含め、広域に張り巡らされた全国網だったことである。

まさに、俳句という〝知の情報ネットワーク〟が、士農工商という制度を突き破って構築されていったのが、元禄時代だったと言うことができる。

『奥の細道』の旅で、芭蕉と曾良が各地の俳人と交流した場所を時系列に列挙していくと、十三か所を数える。

現在の県で言うと、関東では、栃木県二か所、東北では、福島県一か所、宮城県一か所、山形県五か所、北陸では、新潟県二か所、石川県二か所と、東日本と北陸を広域にカバーしている。

目を転じて、「蕉門十哲」の出身地や、俳人としての活動地域を調査しても、江戸だけでなく、全国に及んでいることがわかる。

・向井去来……長崎出身、二十五歳で京都に上り、西日本を代表する門弟となる
・森川許六……近江の彦根藩士であり、画才もあった
・各務支考……美濃出身の僧侶で、全国に蕉風を普及させた
・越智越人……染物屋で、尾張名古屋の代表的門弟
・内藤丈草……尾張国犬山藩の藩士
・立花北枝……加賀金沢で研刀業に従事、金沢に来た芭蕉と出会い門弟となる

そして芭蕉終焉の地――大坂にも、「蕉門十哲」に名を連ねてはいないが、之道、珍碩といった弟子がいた。

このように、芭蕉の弟子たちは全国各地で活動し、緊密に情報交換をしながら、俳句の全国ネットワークを形成していったのである。

俳句ネットワークの第三の特性は、その〝知の情報ネットワーク〟が、当時の知識階層だけでなく、

数多くの民衆に支えられていたことである。

すでに概観したように、全国各地でさまざまな職業の俳人が活躍していた。それに加えて、多くの村で俳句が流行し、同好の農民たちが集まって「連」という集団を形成して、都市から来た俳諧師の指導を受けながら、創作を楽しむようになっていた。

このように広く民衆に俳句が浸透していたことは、『奥の細道』の旅で、那須の殺生石へ向かう際、馬子から記念に短冊を求められたことに、象徴的に示されている。

なお、子葉の藩では、最後まで行動を共にした武士たちのうち六名が、俳人の主要メンバーだった。

◆芭蕉は忍者だったのか

この試論の締め括りとして、「芭蕉＝伊賀忍者説」に関し、触れておきたい。

「芭蕉＝伊賀忍者説」の第一の根拠は、芭蕉が『奥の細道』以外にも、全国各地を巡る旅を続けていたことである。

第二の根拠は、『奥の細道』の旅程を詳細に調べていくと、芭蕉が一日十数里もの距離を踏破できるほどの、群を抜いた健脚の持ち主だったと推定できることである。

さらに第三の根拠は、芭蕉の父が伊賀の無足人だっただけでなく、唯一仕えた藤堂良忠が、伊賀忍者の頭領だった服部半蔵の遠縁にあたるからだった。

以下では、この三つの根拠について、検証していきたい。

まず第三の根拠は、そのような事実があるというだけで、芭蕉や良忠が忍者だったという古文書があるわけではないし、忍者と疑われるような行動があったという記録もないのである。

ゆえに、この根拠から伊賀忍者説を導き出すことには無理がある。

第二の根拠は、表面的には説得力があるように見える。

芭蕉も曾良も健脚の持ち主だったことは事実だが、一日十数里もの距離を踏破したことの証拠があるわけではない。ましてや、『奥の細道』が、五年近くもかけて何度も推敲を重ねたことを踏まえるならば、多分に旅程を脚色している可能性が高いと判断すべきではないかと思えてくる。

（ちなみに、『奥の細道』の旅は元禄二年になされ、実際に出版されたのは、十三年後の元禄十五年だった。なお、子葉の『丁丑紀行』は元禄十年に書かれたが、出版されたのは、はるか百六十一年後の安政五年だった）

そして第一の根拠も、芭蕉が四十歳代になって、突然に長期の旅を繰り返したことのみを捉えると、説得力があるように思える。

しかし芭蕉が年輪を重ねるうちに俳風を変えていき、その結果、旅を通して日本各地の風土の美を探ろうとしていたと、俳人としての芭蕉に引きつけて解釈するならば、芭蕉にとって漂白の旅をすることは、必然だったと言うことができる。

したがって第一の根拠も、忍者説の根拠としては、極めて薄弱なのである。

以上から「芭蕉＝伊賀忍者説」は、我々の知的探求心を煽るような魅力を備えてはいるが、その三つの根拠は決定的な証拠を欠いているため説得力に乏しく、そもそも成立しえない仮説だと判断すべきだろう。

ただし、この仮説が否定されたからといって、元禄時代に、伊賀忍者が情報収集の活動をしていなかったことの証明にはならない。

伊賀忍者たちは、国を出るときに、一味神水の儀式によって、所属する組織が異なっても、情報交換するネットワークを維持することを誓いあっていた。

このことは、別のノートで史実を紹介している。


芭蕉に関する追記は、以上で終わっていた。

続いて私は、スケッチブックを開いて、絵を一枚一枚確認していった。

須磨海岸の美しい「夜明けの月の絵」のあとの三枚には、何も書かれていない空白のページがあった。その後には、芭蕉が『奥の細道』で詠んだ平泉や山寺、最上川、月山、さらには加賀国は山中温泉の鶴仙渓が、スケッチされていた。スケッチの脇には、その場所で詠んだ芭蕉の俳句や文章が、達筆な字で書かれていた。


エッセーを読み、スケッチも全て鑑賞し終えると、午後二時を過ぎていた。

さすがに空腹を覚えた私は、休憩室に移動し、図書館に来る前に〝ビルマ〟というあだ名の店長の店で買った菓子パンを食べた。店長は、かつて私が伯父のビルマ時代のことを質問して以来、警戒しているのか、パンの注文のやりとり以外の会話を避けるようになっていた。

昼食を終えると、再び図書室に入り、次々にわき起こってきた疑問を箇条書きにして、整理してみた。

一、子葉の武士としての名は何なのか？
二、子葉は、何という藩に属していたのか？
三、「子葉の藩では、最後まで行動を共にした武士たちの中で六名が、俳人の主要メンバーだった」とは、何を意味するのか？
四、なぜ伯父は、「芭蕉＝伊賀忍者説」にこだわったのか？
五、伊賀忍者が情報収集活動をしていたという史実とは何か？

こうして見てみると、一と二の疑問を調べることが最優先事項であるとわかってきた。

そこでさっそく、図書室にある元禄時代に関する本、それに俳句の本を手当たり次第に取り出して、斜め読みをしていった。

しかし、子葉という武士の名も、属する藩も、調べ当てることができなかった。「なぜわからないのだろう」と落胆しつつも、解決策を模索していると、あることに気がついた。

それは伯父が、国立国会図書館で『丁丑紀行』を読み、コピーしたと書いていることだった。

「そうだ！　明日、国会図書館に行って『丁丑紀行』を調べれば、一と二の疑問は解き明かされるかもしれない！」

わずかな光明が見いだせたようで、気持ちが上向いてきた。この図書館では、これ以上調べても仕方がないと思ったので、頭を切り替え、発表日が迫っている卒業論文を机の上に置いて丁寧に再読していったが、説明不足の箇所は特に見当たらなかった。

翌日は雨模様だったが、卒業論文を補足・修正する必要はなかったので、朝から国会図書館に行くことにした。

東京駅で地下鉄丸の内線に乗り替え、国会議事堂前駅で下車すると、はやる気持ちを抑えながら傘を差し、国会図書館に向かった。見る者を威圧するように屹立する国会議事堂を右に見ながら、すでに黄色い葉の多くが散ってしまった銀杏並木が続く歩道を、足早に通りすぎた。

国会図書館に着くと、荷物を預け、さっそく『丁丑紀行』を調べようとした。国会図書館では、卒業論文「世界経済成長モデルの解析」の基礎データとなる世界各国のマクロ経済データを昨年から何度か調査していたため、要領よく調べることができた。

すぐに『丁丑紀行』を手元に取り寄せ、コピーすると、昨日の疑問一と二が、一気に氷解した。『丁丑紀行』が『赤穂《あこう》義《ぎ》人《じん》纂書《さんしょ》（補遺）』という文書の中に収められていて、筆者が「大高《おおたか》子葉」となっていたからである。忠臣蔵の本を取り寄せてさらに調べると、四十七士のうち大高を名乗る武士は、「大高源吾《げんご》」しかいないことがわかった。

したがって第一の疑問「子葉の武士としての名は何なのか？」の答えは、「大高源吾」であり、第二の疑問「子葉は、どの藩に属していたのか？」の答は、「赤穂藩」だったのである。そのことがわかることで、第三の疑問「……最後まで行動を共にした……」の「行動」も、「吉良邸討ち入り」であることがはっきりした。

私には、『赤穂義人纂書（補遺）』の「赤穂」という言葉が、あたかもクロスワードパズルのキーワードの役割を果たしているように思え、そのキーワードにより難解な謎を解き明かした名探偵に、自分自身がなったような達成感を味わうことができた。

しかし、クロスワードパズルは全て解けたわけではなかった。

「なぜ伯父は『芭蕉＝伊賀忍者説』にこだわったのか？」という第四の疑問、「伊賀忍者が情報収集活動をしていたというという史実とは何か？」という第五の疑問については、相変わらず謎のままだった。

ただ、第四、第五の疑問を解くキーワードは、「忍者」であり「情報」ではないかと思った。同時に、かつて伯父が将棋を教えてくれたとき、「将棋は〝情報戦〟だ」と言っていたことが、鮮明に蘇ってきた。

そうだ！　伯父には、「情報」という言葉が、通奏低音のようにつきまとっている。将棋のときだけでなく、ベトナム戦争の帰趨を的確に言い当てたのも、スクラップブックの膨大な「情報」から類推していたのだ。

しかも、伯父のこだわった「情報」は、「戦いの情報」に偏っているように思えた。

むろん伯父の仕事だった商社のビジネスは、〝情報戦〟と言われており、伯父が〝情報戦〟にこだわったのも、職業柄、当然だったと言えるだろう。

しかし私には、伯父の〝情報戦〟へのこだわりが、ビジネスで言う〝情報戦〟の域をはるかに超えて、ほんとうの意味での戦争での〝情報戦〟に思えてしかたなかった。それに伯父は、情報収集活動をする「忍者」に、ことさらに興味を持っていた。

このことが、決して見せることのない伯父のもう一つの顔、暗い影のある相貌を暗示しているように、私には思えるのだった。

そう考えるうちに、根本的な疑問に行きついた。

エッセーの中で取り上げた人物を、なぜ「子葉」としか表現せず、大高源吾と書かなかったのか？

鉄砲洲に藩邸のあった藩のことを、なぜはっきり赤穂藩と書かなかったのか？

あるいは伯父は、俳人としての子葉のみをエッセーとして書きたくて、あえて大高源吾の名も、赤穂という藩の名も明らかにしなかったのだろうか。芸術至上主義者として、大高源吾の武士としての側面をなるべく排除しようとしたとも推理できる。

しかし、伯父は、ビジネスのみならず、広く経済や社会に関心を持っており、芸術至上主義という高尚で閉鎖的な空間に閉じこもるような性格ではなかった。

だとするならば、あえて邪推すると、伯父は私に、子葉が大高源吾であることを知られたくなかったのではないだろうか。あたかも、自らの知られたくない顔を推理する手掛かりを、私に与えないために……。

結局、クロスワードパズルの一部は解明できたが、「情報」と「忍者」がキーワードであることがわかった以外には、かえって謎は深まり、濃い霧の中に包まれて手掛かりも見いだせない状況に陥っている。そう認識せざるをえなかった。

それでも確実に一歩は前進できたのだ。私は前向きに自分に言い聞かせ、昼過ぎには国会図書館を出た。

再び地下鉄の駅に向かって、降り続く雨の中を傘を差して歩いた。今度は左側に国会議事堂が見えてきた。

この年は、ロッキード事件が世上を騒がせていた。

幸い、その渦中に伯父の働いていた会社はなかったが、複数の大手商社が絡んでおり、国会で証人喚問が行われ、世界的な汚職事件ということで問題となった。

しかし私には、航空機の発注をめぐる熾烈な〝情報戦〟が戦われたことのほうに関心が集中し、汚職事件そのものよりも、モラルなき〝情報戦〟に強い衝撃を受けていた。

第七章　北海道へ、そしてインドでは

翌週、伯父と面会するために、病院に向かった。

病室に入ると、ベットの横に座り、そっと問いかけてみた。

「伯父さん、具合はどう？」

それまで寝ていた伯父は、その気配に気づいたのか、目を開けた。

「病院食も食べられるようになってきたし、だいぶ調子が戻ったようだ」

「それは良かったですね」

そう言うと、伯父は笑顔を見せた。

伯父は、入院時よりも体力を回復しているように見えた。

「でも無理しないほうがいいですよ。本を読んだり、ノートを書いたりしてませんよね」

「もちろん読んでいなし、書いていない。医者からも止められているしね。もっぱらラジオを聞いて、楽しんでいるよ」

「ラジオだと体に負荷がかからずにいいですね」

「そう、その通りだ。それに世の中の動きが、聴いているだけでわかるからね。ラジオは、寝ながらにして情報収集できる便利なメディアだと思うよ」

そのときも私は、伯父の発言の中に、常に「情報」という言葉がまとわりついていると思った。

その発言をきっかけに、伯父のエッセーとスケッチのことを話題にした。

「子葉の追体験の旅のエッセーを精読し、スケッチブックをじっくり鑑賞しました。私は、俳句もスケッチもまだ素人の域を出ていませんが、とても勉強になりました」

しかし伯父は、

「そうか、読んでくれたのか。ありがとう」

と、あっさり言っただけだった。素っ気ない反応に、

「追体験の旅の終着点のスケッチは、私が描くんですよね」

と再確認することで、さらに発言を引き出そうとしたが、伯父はうなづいただけだった。

そのため「終着点は赤穂だとわかりました」という決定的発言を、言いそびれてしまった。私は、変に気配りし、発言を控える自分にがっかりして、伯父から目をそらし、ベッドの横にある机の上を見た。すると、私に贈り物としてくれた「追体験の旅」の書かれたノートと同じ体裁のノートがなくなっていることに気づいた。

「伯父さん、ここにあったノートがありませんね」

そう心配そうに尋ねると、

「ああ、あのノートは、Sさんという知人に貸しているんだ。そのうち戻ってくる。だから安心してくれていいよ」

とだけ言い、体の向きを変え、視線を窓越しの外に向けた。

「もう年末だな。クリスマス商戦で、街は賑やかだろうね。病院での年越しは初めてだよ。もっとも、ここ何年も、東京で年を越したことはなかったがね。いつもインドで新年を迎えていたから……」

伯父は寂しそうな表情になった。私はいたたまれず、

「これから週に一度は来ます。正月も必ず来ますよ」

と、力んで言った。

「そうか、そう言ってくれるとうれしいよ。でも誠也も大学四年で、卒論やバイトで忙しいだろうから、正月に顔を見せてくれればいいよ。それに手術は、来年の十二日になったからね」

伯父は、手術を深刻に受けとめているようではなく、さりげなく手術日を告げると、目を閉じた。

やはり長時間の会話はつらいのだなと思った私は、

「それじゃこれで」

と小声で伝え、静かに病室を出た。

病室の入口には、ごく少数の人間しか会えないよう「面会謝絶」と書かれていた。


十二月も半ばを過ぎると大学は冬休みに入った。

家庭教師のバイトに加え、大学と明治通りを隔てた場所にある配送センターでのバイトもこなしていたため、時間はあっという間に過ぎていった。

伯父に面会に行った六日後、配送のバイトで疲れきって帰宅すると、部屋には珍しく兄がいた。

「誠也、久しぶり。忙しそうだな。少し疲れて見えるな。寒い街の中を一軒ずつ配ってまわるのは、肉体労働で、きついからな。それに卒論も書かねばならないし、大変だな」

「毎年、年末にやっていて、慣れてきているから、大丈夫だよ。新宿区の地理にも詳しくなったしね。でも、あのあたりは坂が多いので、荷物を積んで自転車で走るのは少しきついけどね。卒論は、ほぼ完成しているんだ」

「なかなか準備がいいな。俺は、相変わらず行き当たりばったりで行動してしまう癖が抜けないな。さっき、伯父さんに会ってきたよ」

「それはよかった。伯父さんは喜んだでしょう。それに伯父さんは、入院前よりも元気になったと思うんだけど……」

「確かに、話で聞いていたよりも、元気そうだったよ。逆に『北海道の診療所の引継ぎは、うまくいっているのか』と、心配されてしまったよ」

兄はそう言って、屈託なく笑った。

長髪をばっさり切り、背広を着こなしている兄が、私には、ひどく大人びて見えた。ビジネス街を歩いているサラリーマンのように変身したなと思った。

「ところで兄さん、なぜ戻ってきたの？」

そう言うと、シャイな兄は顔を伏せ、苦笑いしながら話しづらそうにした。

「何か、いいことがあったの？」

と、さらにたたみかけると、ようやく兄は口を開いた。

「そう先読みされると、話を切りだしにくいなあ。……実は、北海道までついてきてくれる女性がいるんだ……」

「ほんと⁉　兄さん結婚するの」

「そうすることにした。名前は、千尋《ちひろ》さんというんだ。ただ、先方の両親は、反対しているのだけれど……」

「父さんには話したの？」

「ああ、話したよ。それで明日、千尋さんを我が家に連れてくることにしたよ」

「父さんは、よく反対しなかったね」

「賛成したわけではないんだ。『本人に会って、話してみてからだ』と言っている」

そのあと私は、兄から、千尋さんが薬剤師だということ、インターンのときに知り合い、一年以上経つこと、先方の両親は反対しているが、千尋さんは「家出してでも一緒になる」と言ってくれていることを聞いた。

「ところで誠也、明日の午前中、家にいられるか」

「もう冬休みで授業はないし、家庭教師や配送のバイトも明日は午後からだから、家にいるよ」

「そりゃあよかった。明日、千尋さんを連れてくるから、父さんや母さんの橋渡しを頼むよ」

兄は真剣な顔で、すがるように私に言った。


翌朝、朝から何度も時計を見てそわそわしていた兄は、九時半を過ぎると、駅まで千尋さんを迎えに行った。

十時前には、二人が玄関を開けて入ってきた。

五人が茶の間に揃うと、父が座るように促した。

兄と千尋さんは正座すると、両親に深々と頭を下げた。

千尋さんは地味なグレーのスーツを着ていた。一見すると、おとなしすぎる印象を受けた。どこか陰のある薄幸の美女という雰囲気だった。どちらかと言うと細面の日本風の顔立ちで、どこしばらく沈黙が支配したが、兄が千尋さんを紹介し、それを受けて、千尋さんが口を開いた。

「私は、松田千尋と申します。今は、薬剤師をやっています。よろしくお願いします」

第一印象とは打って変わって、ごく自然体でしっかりした口調だった。

それを聞いて、芯の強い女性かもしれないと思った。

そんなことを思っていると、父が口を開いた。

「私は、正人の父の貴島猛男です。私は体をこわして退職して、しばらく経ちます。それに正人は、精神的にも経済的にもすでに自立しています。だから、私が結婚について、とやかく言うつもりはありません」

そこまで穏やかだった父の口調は、突然、強い言い方に変わった。

「ただし、千尋さんに納得してもらわねばならないことが、二つあります」

そう言って父は口をつぐんだが、千尋さんに動ずる様子はなかった。

「一つは、正人の前歴です。学生運動の幹部だったことがハンディになっている。それに言い出したら聞かないところがある。親の言うことを聞かないので、一度は勘当したくらいだ。だから千尋さんは、結婚に反対されているご両親との板挟みになって、苦労するのが目に見えている。それでも、いいのですか」

父が問いかけると、千尋さんは、目をそらさずに父を見つめ、はっきりと言った。

「それでも、いいです。私は学生運動のことは全くわかりませんが、たとえ両親が反対し続けようと、正人さんと一緒になることを決めています。

私の母は、私が中学生のときに亡くなりました。その後、父は知人の紹介で再婚し、弟が生まれました。そして弟が成長するにつれ、父も継母も弟を溺愛するようになり、継母は家事を私に押しつけようとしてきました。だから、両親が反対するのは、家政婦がいなくなって不便になるからというだけで、本音は厄介者がいなくなる程度にしか考えていないと思います」

千尋さんの話を受けて、兄も重い口を開いた。

「俺は前から、千尋さんのご両親にご挨拶に伺いたいと申し入れているのだが、一向に会おうとしてくれないんだ」

私は、千尋さんが家族の中でつらい立場にいるのだなと感じ、やりきれない気持ちになった。

父の心配は、杞憂に過ぎなかったのである。

それでも父は、厳しい口調を変えなかった。

「それでは、二つ目です。私は食品会社に勤めていた頃、商売で北海道に何度も行ったが、冬は長いし、とても寒い。しかも紋別の近くの村だと、大自然の空気は満喫できても、都会の雰囲気は何もない。それでも正人は、そこで骨をうずめてもいいと言っている。だから医者の世界で出世することもないし、金持ちになることもない。それに二度と東京で暮らすことはできないかもしれない」

そう父が、冷たく言い放つと、しばらく沈黙が続いた。しかし千尋さんは、厳しい苦難の未来を指摘されても、落ち着いた口調で話し始めた。

「確かに、便利な都会生活は、できないかもしれません。しかし私は、『自分を頼ってくる患者がいる限り、この村で医師として生きる』と言った正人さんの生き方に心から共感しています。正人さんに、人として何が大切かを教えてもらいました。だから私は、どんな困難も試練として受けとめ、ずっと正人さんについていくつもりです」

私は、横で聞いていて、心の底から感動し、体全体が震えてきた。

シャイな兄は、恥ずかしそうに頭を掻いていたが、父は、千尋さんと兄それぞれに目配りして、居住まいを正すと口を開いた。

「よくわかりました。私は何も支援することはできないが、正人と千尋さんの結婚に賛成します」

そう言って、父は母に視線を移すと、母は無言でうなずいた。

母の無言の同意に意を強くしたのか、父は再び口を開いた。

「正人は、地域医療に貢献すると勇ましく宣言しているが、不器用なこの男一人では、何もできそうにない。でも、千尋さんが協力してくれれば、実現できそうに思えてきました。どうせ正人のことだから、正式な結婚式も披露宴もやることはないでしょう。そんな正人ですが、よろしくお願いします。そして二人で、新しい家庭を創っていってください」

父は一語一語かみしめるように言い、千尋さんに深々と頭を下げた。

二人はほっとした表情になり、しばらく雑談が続いた。

十一時近くになると、兄と千尋さんは丁寧に挨拶し、家を出ていった。

それまでお茶を出し、父の発言にうなずいただけの母が、ぽつりと言った。

「千尋さんは、ずいぶん苦労して育ったみたいだね。正人なんかよりも、ずっとしっかりしているよ。良い娘さんじゃないか」


三日後の夜、兄と千尋さんのために、二人のごく親しい友人たちが、ささやかな結婚パーティを開いてくれた。

両家の親族の中では、私だけが招待された。

本郷三丁目の駅に近い「麦」という音楽喫茶を借りきっての、三千円の会費制でのささやかなパーティだった。学生運動で盛り上がっていた頃、何度も泊めてもらったほど、兄はこの喫茶店に世話になっていた。

店主のKさんとは、とても親しくしていた。Kさんは、日本近代の民衆史を専門とする著名な歴史家でもあり、そういう意味でも、兄のよき理解者だった。

結婚パーティには、仲人の挨拶も、主賓の挨拶もなく、最初から双方の友人たちが交互に発言し合う形式ばらないものだった。

そして、反戦フォーク歌手と紹介された長髪で髭面の兄の友人が、ギターを片手に弾き語りを始

める と、会場は一気に盛り上がった。

歌われた曲は、全て六〇年代後半から七〇年代はじめにかけて、世界中の若者が、ベトナム戦争に抗議し、既存の秩序に異議申し立てをしていた時代の曲だった。

一曲目は岡林信康の曲、二曲目は、北山修が作詞しジローズが歌っていた「戦争を知らない子どもたち」だった。そして三曲目に、ガロの「学生街の喫茶店」が歌われると、拍手が鳴りやまなくなった。

拍手の嵐に歌い手は気をよくしたのか、四曲目に、かぐや姫の「神田川」を歌った。一転して、室内はしんみりとした雰囲気になった。

そして締めの曲には、ビートルズの「Let it be」を歌ってくれた。

兄の友人の何人かは、共に口ずさんでいた。

長髪で髭面の友人は、

「新しい二人の人生をスタートするにあたり、俺が歌ったビートルズの曲のように、肩に力を入れず『Let it be』(=あるがままに)、新しい家庭を創りあげてほしい」

と、締めくくった。

私は、さりげない選曲だが、兄の性格を知った上での心のこもった歌であり、メッセージだと思った。

続いて千尋さんの友人がスピーチした。

友人は、おとなしいが、しっかりした千尋さんの人となりを話したあと、意外なクイズを出してきた。

「千尋さんには、とても好きなクラシック音楽があります。それは何でしょうか?」

しばらく時間が経っても、誰も答える者はいなかった。

しびれをきらした友人は、自分で答えを言った。

「千尋さんの好きな曲は、『二つのバイオリンのための協奏曲』です」

そう友人が言うと、あらかじめ打ち合せしていたのか、店主のKさんが、すぐにこの曲をかけてくれた。

二つの旋律が、心に沁みるように美しく響き合っており、全員がじっと聴き入っていた。

曲が終わると、友人の女性は、

「今、聴いていただいたこの曲のように、二つのバイオリンをお互いに演奏しながらも、単独ではできない新しい旋律を協調し合って創ること、そのようにして、素晴らしい新家庭を創りあげてくれることが私の願いです」

と、述べた。

こんなふうに楽しい、肩の凝らない結婚パーティはあっという間に過ぎていき、最後は主役二人による決意表明で終了した。

私は、兄も千尋さんも友人関係に恵まれているな、と思った。

古い言葉だが、兄は良き伴侶をえて、地域医療をしっかりと担っていけるという確かな予感がした。

結婚パーティ終了後、出席者は二人を激励すると、三々五々喫茶店を出ていった。

私も喫茶店を出ると、最寄りの本郷三丁目の駅から地下鉄に乗り家路を急いだ。

なぜなら、パーティで聴かされた曲の中で、一つだけ気になった曲があったからだった。そこで自宅に帰り、両親に結婚パーティの様子を伝えると、すぐに自室にこもり、もう一度、レコードで聴いてみることにした。

対位法で作曲されたバッハの「二つのバイオリンのための協奏曲」だった。

この曲は、兄と千尋さんの二人が新家庭の創造のために奏でる協奏曲のようにも思えたが、それ以上に、二つの顔を持っている伯父の生き様に重なるように思えてしかたがなかった。

私は、二つのバイオリンが奏でる美しい旋律に酔いしれながら、伯父の生き様で言えば、その片方の美しい旋律しか知らないのかもしれないと、今さらながら感じていた。それでは、伯父という人間の奏でる、もう一つの隠された旋律とはいかなるものなのだろうか。この問いかけには、決して解は得られないのではと思えた。

しかし、思ってもみなかった人の口から、その解の一端を見いだすことになった。


翌日、兄と千尋さんは、医者の仕事を引き継ぐ都合があるのか、あわただしく北海道へ出発した。

そのあとは普段通りの日常生活が続いたが、翌週、思わぬ誘いがあった。

それは賢次伯父からの、私の就職祝いをしたいという誘いだった。「二十七日の夜でどうか」という打診の電話を、母が受けていた。

気乗りがしなかったので、母に
「勲伯父さんのお見舞いに行かねばならないし、バイトも忙しいから」

と言って、断ってもらおうとしたが、父は、予想に反し、断ることに反対した。

「賢次兄さんは現役で働いているのだから、誠也がこれから働いていく上で、なにかと参考になるアドバイスもしてくれるだろう。お祝いしてもらうといい。だが、戦争の話になると長くなるから、

「そのときはがまんして聞くんだな」

サラリーマンの先輩として、ひょっとすると何か参考になる経験談を聞けるかもしれないと思い直し、お祝いを受けることにした。


年も押し迫った二十七日の夕方、賢次伯父の勤める大手化学メーカーの本社へ向かった。

東京駅を出て、伯父の会社を目指すと、夕闇の中、大企業や銀行の重厚な建物が、両サイドに並んでいた。さすが日本経済の中枢の風景は違うなと思う反面、若者を圧するような威圧感があり、気持ちが萎縮しそうだった。

伯父の会社のビルを見つけると、深呼吸をし、着慣れない一張羅の背広の前のボタンを閉めてビルの中に入り、七階の受付に向かった。

来訪を告げ、しばらく待っていると、洗練された物腰の女性秘書が出てきた。

「貴島誠也さんですね。貴島専務は、専用エレベーターで地下に降りられ、すでにお車に乗っておいでです」

私は、受付横のドアの内側にある専用エレベーターに誘導され、地下の車の前まで案内してもらった。

女性秘書にお礼を言っていると、車の中から、伯父のだみ声が聞こえた。

「おー、誠也か！」

同時に、運転手が素早く車を降り、後部座席のドアをうやうやしく開けた。すると再び、車の中から、「俺の横に座れ」と指示する声がした。

私が乗車すると、黒塗りの大きな車は、静かに走り出した。高級車なのか、免許を取るために乗った教習所の車に比べて全く振動せず、地下から地上に出てからもスムーズに走り続けた。

賢次伯父は、背広の内ポケットから、三越の包装紙で包まれた小さな箱を取り出し、私に押しつけてきた。

「就職が決まってよかったな。これで背広でもあつらえてくれ」

私は、拒否するのも大人げないと思い、くぐもった声でお礼を言い、お祝いの品を受け取った。

すぐあとに、賢次伯父は、一方的にまくしたててきた。

「ところで誠也！　コンピュータの仕事がしたいのなら、なぜ日本のメーカーなんかに就職したんだ。コンピュータ業界を世界的に捉えると、I社が七〇％のシェアを持っており、典型的なガリバー型の寡占市場になっている。だから「巨象と蚊の戦い」と言われているそうじゃないか！　そのうち、日本のメーカーは、叩き潰されるかもしれんぞ。それなのになぜ、世界に君臨するI社に、就職しなかったんだ！」

居丈高に言われ、むっとした私は、むきになって言い返した。

「日本のコンピュータメーカーは、確かに後発で、蚊のような存在かもしれません。それでも国産コンピュータはゼロからスタートし、いわば手作りで、ビジネスを立ち上げてきました。常に存亡の危機に立たされながら、挑戦者としてがんばってきたんです。私も、そうした日本のコンピュータメーカーの一員として、誇りを持って、がんばりたいと思っています。たとえ、潰されたとしても、精一杯に努力すれば、悔いはありません！」

伯父は、しばらく沈黙していたが、冷笑を浮かべながら口を開いた。

「ふーん。お前たち兄弟は、そろいもそろって、亡くなった父さんに似ているな」

私は、その言っている意図をはかりかねて、問い返した。

「どういう意味ですか」

「会津の反骨精神が、お前たち兄弟の心に宿っているということだよ。はっきり言えば、お前たち兄弟は、永遠に主流派になれないということだ」

皮肉めいた言い方だった。

気まずい沈黙が続いた。

やがて車は、神田川を渡り、柳橋の古風な日本料理屋の前で静かに停止した。賢次伯父は、車から降り、私を先導して、料理屋の中へ入っていった。

玄関先では、着物姿の女性三人が三つ指をついて、「いらっしゃいませ」と、深々とお辞儀をした。

「貴島専務様、いつもの角部屋をご用意しております」

真ん中に座っていた年嵩の女将が、われわれを廊下伝いに案内した。廊下の壁には、平山郁夫の薬師寺東塔の絵が、さりげなく飾ってあった。

部屋は、二〇畳に近い大部屋だった。

賢次伯父は部屋に入るなり、部屋の角の硝子戸の前に立った。

「この料亭は、隅田川と神田川の合流地点に立っている」

硝子戸の向こうの夜景を眺めると、川面にはネオンも街灯も映っておらず、黒々としていた。

「だから江戸時代には、舟でこの料理屋にお忍びで来ることができた。あの井伊直弼も、川伝いにお忍びで来ていたそうだ」

私が興味深く聞いていると、さらに賢次伯父は、話し続けた。

「井伊直弼の彦根藩の屋敷は、今の国会議事堂のところにあったようだ。どういう経路で、川まで移動したのかねえ……」

そう言って、一旦言葉を切った。

私が、先日、国会図書館に行く際に、議事堂の前を歩いたことを思い出していると、賢次伯父は、私のほうに顔を向けて、再び口を開いた。

「ところで、井伊直弼は、何をしに来ていたと思う」

私が答えられずにいると、

「好きな女とお忍びで、逢引をしていたんだよ。息抜きをしたかったのかもしれないな。幕府権力のトップに登りつめたが、内面は孤独だったのかもしれない」

そう言ってから、賢次伯父は、部屋の真ん中にしつらえた御膳の前に座り、私にも差し向かいの席に座るように指示した。

「それでは、まずおビールでよろしいですか?」

と女将が、確認してきた。

「ああ、乾杯するからな。こいつは、俺の甥だ。就職が決まったんでお祝いしようと思ってな」

「そうですか。甥御さんですか。ずいぶんお若いので、びっくりしていたところです」

伯父は答えず、ぶっきらぼうに言った。

「今日は、客の相手をするわけじゃないので、刺身はやめてくれ」

「わかりました。専務様は、刺身がお嫌いでしたからね」

「それからビールと酒を銚子で十本ばかし、ぬる燗で持ってきてくれたら、あとは自分たちでやるから、部屋には誰も入れないでくれ」

「何か秘密のお話でもあるのですか」

これに対し伯父は、つけいる隙のないような発言をした。

「いちいち詮索するな。料理も黙って置いていってくれればいいんだ」

女将は、すぐに二人の若い仲居に目配せし、ビールと日本酒、それに用意していた料理を運ばせた。

その一連の仲居たちの仕事が終わると、女将は、襖越しに座り、

「どうぞ、おくつろぎ下さい。何かありましたら、いつでも呼んでください」

と頭を下げ、そっと廊下に出て、襖を閉めた。

二十畳の広い日本間の中は、賢次伯父と私の二人だけになった。

「それじゃあ、乾杯するか。最初だけはビールを入れてやるよ」

と言って、私の御膳の前までにじり寄り、ビールを注いでくれた。席に戻ると、自分のグラスにもビールを入れ、

「誠也、就職内定おめでとう」

と言って、ビールを一気に飲み干した。

伯父は、そのあとすぐに、ビジネスマンとしての心構えを語りだした。

「就職したら常在戦場だと思って、常に油断せず、一歩でも上のポジションに就けるよう、努力するんだ。担当から主任、主任から課長、そして部長、役員へと、同期の誰よりも早く、上の役職に就かねばならないぞ」

上昇志向の強い賢次伯父は、そんな調子で、いかに早く出世するべきかを話し続けた。

特に、「上司の顔色をうかがわねばならない」と言うに及んで、さすがの私も、その薄っぺらな処世術にうんざりしてきた。

私は以前に、父と大三郎伯父が飲みながら、

「賢次兄さんは、ヒラメだからな」

と、皮肉めいた会話をしていたことを思いだしていた。

それに、二十畳はある広い日本間で賢次伯父の話を聞いていると、大会社の専務という役職に就いていても、その内面には何の潤いもなく、広漠とした砂漠の中にいるように、限りなく孤独で寂しいものなのではないかと思えてきた。

賢次伯父は、料理に箸をつけることなく、ビールを飲み終えると、手酌で日本酒を飲みはじめた。

「ともかく、勝たなきゃ、ダメなんだぞ！」

だみ声で決めつけると、お猪口に入れるのが面倒になったのか、コップに日本酒を注いで一気に飲み干した。

賢次伯父が何も食べようとしないので、困った私は、

「食べてもいいですか」

と了解を求めたところ、無言でうなずいた。

私は、初めての高級料亭の味を楽しもうという気持ちもあったので、ゆっくりと食べ始めた。

賢次伯父は、そんな私をじっと見つめると、妙なことを言いだした。

「俺は、フィリピンの戦場から帰ってから、突然、食事が喉を通らなくなることが繰り返し起きたんだ。だから、おふくろからは、いつも怒られていた。でもフィリピンのことを思いだすと、何かの拍子で、食べることができなくなる。特に、マグロの刺身やレア肉は普段でも食べられない」

その理由を、全く類推できなかったため、

「なぜですか？」

と、問いかけると、賢次伯父は、堰を切ったように戦場での悲惨な体験談を話し始めた。

「終戦間近のフィリピンの戦場は、ひどいものだった。

俺は憲兵だったので、軍隊組織の規律を維持しようと懸命にがんばった。

戦争末期には、戦闘に敗れ、前線から逃げてくる兵士たちを、峠で喰いとめて押し戻した。それに、運送のため徴用したフィリピン人の逃亡者は、見つけ次第、処刑を命じたりしたんだ。

しかし、そんなちっぽけな努力は、アメリカ軍の最新兵器と物量の前には、何の役にも立たなかった。日本軍は一歩また一歩と後退を余儀なくされるだけだった。やがて、制空権を完全に奪われ、連絡も輸送もできなくなり、山下奉文将軍の作戦命令は届かず、軍隊組織としては完全に瓦解してしまった。

俺も、その頃には食べるものがなくなり、憲兵どころではなく、毎日、食べるものを探すのに血眼になっていた。

食べられるものは、なんでも食べたよ。

今日は、お祝いの席だから具体的には言わないが、ともかく食べられるものは、なんでもだ。

ちなみに、大岡昇平の『野火』には、そのあたりのことが、詳しく書かれている……。

米軍の捕虜になったときは、汗と泥がしみこんだズボンと軍用シャツで、靴は壊れて裸足だった。まるで栄養失調の難民と同じだったんだ。生き残った将兵でさえ、そんな惨めな状態だった。

多くの将兵が戦死したが、それ以上に食べ物がなく飢え死にしていったんだ。

なんせ日本軍や軍属、民間人も含めると、日本人だけで五十万人も死んだんだからね。

その後の収容所生活も惨めだったが、一番怖かったのは、帰国の際に、フィリピン人を虐待・処刑した将兵を、フィリピン人に摘発させたことだ。摘発されたらすぐに、アメリカ兵に連行され、処刑される。

このときは俺も、間違いなく摘発され、処刑されると覚悟した。

しかし意外なことに、俺を摘発するフィリピン人は一人もいなかった。

栄養失調状態で、あまりに変わり果てていたので、俺が憲兵だったと誰も気づかなかったんだ。

収容所では、弱肉強食の暴力支配が貫徹されており、軍隊の秩序は完全に崩壊していたが、ともかく俺は生き延びることができ、帰国できたんだ」


そこまで言って、しゃべり過ぎたと思ったのか、口をつぐんだ。

私は『野火』を読んでいたので、伯父が暗示した意味がわかっていた。

極限状況に追い込まれた賢次伯父の姿を想像するうちに、賢次伯父は、憲兵将校として確かに戦争の加害者であったが、終戦末期には戦争の被害者でもあったのだと、しみじみと考えさせられた。

感慨にふけりながら黙っていると、再び伯父は口を開いた。

「せっかくの祝いの席に、つまらない話をしてしまったな。俺が言いたかったのは、ともかく敗けてはだめだ、ということだ。ともかく、何がなんでも勝たなきゃだめなんだ。でも、つい十日前、あることをこの目で見てから、俺は、自分の生き方に確信を持てなくなってしまった……それは、勲兄さんのことだ。そう。それを誠也に話すことも、今日の席を設けた理由だ」

賢次伯父が謎かけするような発言をしたとき、襖が開いて、女将が顔を出した。

「だいぶ飲まれましたね。そろそろお食事にされますか」

「ああ。俺は茶漬けを頼む。それにウィスキーをロックで頼む」

「承りました。甥御さんは、お若いのですから、別のものを頼まれますか」

勲伯父さんの知られざることが聞けるかもしれないと思った私は、食事などどうでもいいと思い、

「私も同じでいいです」と素気なく答えた。

賢次伯父は一呼吸入れると、ゆっくりした口調で話し始めた。

「俺は、インドに出張したとき、妙なうわさを聞いたんだ。それは、インドのみなしごを集めた学校に、日本の商社マンがかかわっているという、うわさだった」

私がじっと聞き耳を立てていると、さらに伯父は話し続けた。

「俺は、その学校に、アジア青年海外協力隊の若者も関わっていると聞いた。その田島という青年に話を聞いたところ、驚くべきことが語られたんだ」

「田島さんは、どんなことを語ったんですか」

「学校の建設、そして運営に関わった日本の商社マンとは、なんと勲兄さんだったんだ」

私は、驚愕して何も言えなかった。

しかし賢次伯父は、そのときのことで頭がいっぱいになったのか、憑かれたように話し続けた。

「そこで、俺は田島君に頼んで、その学校に行くことにしたんだ。カルカッタのオフィスから、乗客が溢れんばかりに乗ったバスを追い越しながらジープに乗って三時間。炎天下のジャングルの中のデコボコ道を走り抜け、ようやくその学校にたどり着いた。学校は、想像していたより小さかったが、シンプルな作りで清潔な印象を受けた。ちょうど午後の授業中だった。教室を覗くと、生徒は五十人以上いたかな」

伯父は、ロックのウイスキーを、口に含んだ。

「授業が終わると、子どもたちは歓声を上げて、ジャングルを切り拓いて造られた狭い校庭に飛び出していった。俺も田島君も、狭い校庭で遊ぶ子どもたちを、しばらく眺めていた。

頃合いを見計らって、田島君が子どもたちを集め、『〝日本のおじさん〟の親戚』ということで俺を紹介した。子どもたちは、俺のまわりに集まってくると口々に、

『〝日本のおじさん〟は、もう来てくれないの?』

『ぼくが、〝日本のおじさん〟を迎えにいくよ』

と話しかけてきた。

子どもたちは、まるで親を慕うように、〝日本のおじさん〟に会いたがっているんだ。

その中で、十歳くらいのしっかりした顔つきの少女が俺に言ったんだ。

『〝日本のおじさん〟がこの学校を作ってくれた。授業で、絵を描くことも教えてくれた。私たちには、父さんも母さんもいません。でも〝日本のおじさん〟がいます。〝日本のおじさん〟は、いつも自分のことより、私たちのことを心配してくれるの』

俺は、勲兄さんの入院を話すわけにはいかないので、とまどっていると、六歳くらいの少年が自分で描いた絵を持って、近づいてきた。

『これ、〝日本のおじさん〟に習って、ぼくが描いた絵なんだ』

と言って、俺に差し出してきた。そこには笑顔の子どもたちに囲まれたやさしい〝日本のおじさん〟が描かれていた。

その拙いが伸び伸びと描かれた絵を見るうち、俺は、自分がはるか昔に忘れていた何かが、この少年の中に宿っているように感じた。

俺は、広大なジャングルの中に建設された学校に畏敬の念を抱くと、思わず学校を支えるインドの大地にひざまずいてしまった。そして純真な少年の目を見るうちに、何者にも替えがたい崇高な

存在のように感じ、このやせぎすの少年を抱きしめずにいられなかった」

賢次伯父は、ここで大きく深呼吸した。

そして、遠くを見つめるような目をしてしばらく黙っていたが、そのあと静かに話し始めた。

「俺は、帰り道、田島君の運転するジープに揺られながら、じっくり考えたんだ。勲兄さんは、商社マンとして有能だったのに、無理に出世しようとしなかったため、役員になることもなかった。でも学校を建設し、みなしごたちの教育を手伝った。会社を退任しても、残せるものがあった。会社を退任しても、〝日本のおじさん〟であり続けることができた。それに比べて俺は、大企業の専務にまで登りつめたが、退任すれば何も残らないと知ったんだ。勝ち負けの問題ではないかもしれないが、人生の勝負においては、勲兄さんが勝った。結局、俺は、勲兄さんを超えることができなかったんだ……」

私は、驚きで、賢次伯父の嘆きに何も反応することができなかった。

賢次伯父は、料理屋で喋りつかれたのか、帰りの車の中では、しばらく黙ったままだった。そして都心の繁華街を過ぎる頃、静かに語り始めた。

「ところで誠也は、兄さんと、たまには会っているんだろ」

「勲伯父さんには、先月、就職の内定祝いをしてもらいました」

「どこへ行ったんだ」

「浅草の鰻屋です」

「そうか……。入院前の病気の体で、兄さんもつらかったろうな」

「……」

「兄さんは誠也の名づけ親だし、とにかくお前を可愛がってきたからな。前から、いろいろご馳走してくれたんだろ？」

私は、小学六年生の頃にフランス料理を、高校合格のお祝いにはイタリア料理を、そして大学合格の際には中華料理をご馳走になったことを、隠すことなく話していった。

賢次伯父は、私の話をじっと聞いていたが、全く予想もつかないことを言い出した。

「猛男は病気がちだったから、外で食事をする機会を作れなかっただろう。だから兄さんは、猛男に代わって、誠也の成長の節目ごとに、本格的な食事に誘ったのだろう。でもそれだけじゃないな。兄さんは、お前がビジネスマンとして社会に巣立って、物怖じせずに振る舞えるように、フランス料理やイタリア料理のコース料理の基本マナーを実地訓練しようとしていたのかもしれないな。俺の若い頃の失敗談を言えば、就職して最初の接待がフランス料理のフルコースで、食べ方のマナーがわからず、赤っ恥をかいたからな。だから誠也は、兄さんの見えない心配りに、感謝しなければだめだぞ」

私は、勲伯父の深い愛情に裏打ちされた隠れた心配りに感謝の念で一杯になり、か細い声で、

「わかりました」

と言うのがやっとだった。

それに、今まで気づかなかった賢次伯父の鋭い観察力と、秘められた意外なやさしさを感じずにいられなかった。

軍隊組織が崩壊し、地獄のような戦場からやっとのことで帰還したため、秩序を重んじ、今度こそ勝利しようとして、がむしゃらに働いてきた賢次伯父。

祖父の葬儀のときに、権威的に振る舞い、病気になった父を連れてきたわれわれ家族を見下すような視線で見ていた、今でも許せない酷薄な賢次伯父。

経済競争の敗者には目もくれず、上昇志向の塊のような賢次伯父。

そんな賢次伯父にも、もし戦争がなかったら、もっと違った、起伏の少ない穏やかな人生がありえたのかもしれないと思った。

そのとき、私が少年の頃に、祖母が言ったことが頭をよぎった。

「四人の子どもたちの中で、賢次が一番、やさしくておとなしい子だったんだよ」


車が五反田のガード下を通りすぎると、再び伯父は語りだした。

「先月、俺の会社の次期社長が内定したんだ。俺より五歳も若いヒラ取締役が、六月には社長になる」

「……」

「ということは、俺も、来年六月には退任となる。全てを犠牲にして、必死に這い上がって、専務の椅子を手に入れたんだ。だから退任後のことは全く考えていなかった。正直に言うと、どうしていいかわからないんだ」

そこで伯父はため息をつくと、今度は自分の家のことに話題を転換した。

「うちの息子は、二人とも、できが悪くて困っている。長男の英雄《ひでお》は、就職したまではよかったが、三か月で会社をやめてしまって、いまだにぶらぶらしている。次男の勝利《かつとし》は、大学に入ってからロックに狂ってやがる。娘の洋子《ようこ》は、ピアニストとして大成しようと、アメリカに行きっぱなしだ。女房も、娘についていき、日本に帰ってきやしない。ばあさんは、最近ぼけてくるし……」

そのあと伯父は黙りこみ、じっと外を見つめるだけだった。

翌日は、朝から配送のバイトだった。

私は、前夜の思いもよらない展開に、まるで興奮剤を飲まされたように、頭が混乱していた。

そこで、バイト先に向かう電車の中で、昨晩の記憶を整理しようと試みた。なかなか記憶の整理はうまくいかなかったが、今まで知りえなかったことで、一つだけはっきりしたことがあることに気づいた。

それは、勲伯父が、商社マンでありながら、インドの孤児たちのための学校建設と、その後の運営に深く関わっていたことだった。

私は、そうした伯父の生き方に、身近に薫陶を受けてきた甥として、誇りを感じることができた。

二つのバイオリンは、共に、伯父の手によって美しく奏でられていたのだ。

しかし、そう思う一方で、伯父の水面下の顔が、このことで全て語り尽くされたわけではないように思え、なにか釈然としない気持ちが残った。

◇　◇　◇　◇

バイト先に着くと、友人の川口君が来ていて、倉庫で仕分け作業をしていた。

年末の配送のバイトも四年目に入り、川口君とは、その間ずっと一緒に働いてきた。不愛想だった川口君とも打ち解けるようになり、よく飲みながら人生を語り合う仲になっていた。髪を伸ばし、いつもジーパン姿の川口君は、文学部だったためか、私と発想が異なり、そのことがかえって二人の会話を深みのあるものにしていったように感じた。

川口君には、伯父のことも、すでに何度か話題にしていた。

私はそのことを思い出しながら、川口君に声をかけた。

「何度か話した伯父のことで、予想もしなかった全く新しい事実が判明したんだ。それで、今晩、相談にのってくれないか」

「いいよ。お前の伯父さんは、ミステリアスで魅力的だからな。早くその新しい事実とやらを聞いてみたいな」

二つ返事で、オーケーしてくれた。

その日の配送担当地区は、坂の多い飯田橋方面だった。

配送の効率は悪く、重い荷物の載った自転車で何度も坂を昇り降りし、一軒一軒配達せざるをえなかった。しかも午後から小雪がちらつくようになったため、冬の寒さが身に染みて、ひどく長い一日に感じた。

それでも、ようやく六時過ぎには配達を終え、七時前には配送センターに到着することができた。

川口君も内勤の仕事を終え、二人で配送センターの係長に仕事を終えたことを報告し、足早に高田馬場へ向かった。

普段は、栄通りの入口にある「清龍」という飲み屋で、煮込みを食べながら一杯やるのだが、いつも満員で騒がしく、じっくり話ができそうにないため、その先の「たぬき」という飲み屋で飲むことにした。

「たぬき」の暖簾をくぐり、カウンターの席に座って、熱燗と焼き鳥を注文した。

まず熱燗で何杯かやると、冷えた体に沁みこみ、心地よく、温かくなった。

話をするにはよい頃合いだと思った私は、昨晩のことをなるべく詳細に話していった。川口君は、時折日本酒を口元に運ぶ以外は、黙ってじっと聞き続けた。

私が話し終わっても、川口君は黙ったままだった。

「伯父の水面下の顔がわかって、よかったよ」

と水を向けたが、川口君は、それにも答えようとしなかった。

川口君は、一点を見つめながら深呼吸すると、私の発言を無視するように、全く別のことを話し始めた。

「貴島は技術系だから、文学と言えば歴史小説を読む程度だろう。そもそも、純文学のジャンルに踏み込んで、本格的に読んだことはないよな。ましてや童話など、真面目に読んだことはないだろう」

辛辣な口調で指摘されたが、その発言の意図がわからなかった。「なぜ童話なのだ」と思いながら、何も答えられずにいると、川口君は再び口を開いた。

「今、伯父さんの話を聞いていて、俺は『メス牛とライオン』というインドの童話を思い出していた。その童話をかいつまんで言うと、こんなストーリーだ」

川口君は、そのストーリーを記憶しているのか、昔の語り部が子どもに語るように、何も見ずに朗読していった。

◇　◇　◇　◇

昔々のインドのお話。

ある日、メス牛が川で水を飲み青い草を食べていると、そこにライオンが現れました。

昔は、インドにも数多くのライオンが生息していたそうです。

ライオンは空腹だったので、メス牛を襲い、食おうとしました。

そのときメス牛は、

「食われる前に、ひとつお願いがあります」

と言いました。

その理由は、「お腹を空かしている子牛が待っているので、乳をやりたい」ということでした。

そして「必ず帰ってきます。約束は守ります」と言って、ライオンを説得しました。

ライオンが承諾すると、メス牛は急いで家に帰り、子牛に乳をやりました。

ところが子牛は、母ウシが元気のないことに気づきました。

「母さん、何かあったの？　話してよ。話してくれなければ、乳を飲まないよ」

子ウシが何度も真剣に聞くので、母牛は、それまでのいきさつを話してしまいました。

すると子牛は、

「母さんが一人でライオンのところに行くなら、ぼくも乳を飲まずに一緒に行くよ」

と悲しそうな顔で言って、メス牛についていきました。

メス牛は、ライオンに会うと言いました。

「約束を守って帰ってきました。子牛も一緒です。さあ、私たち親子を食べてください。そうすれば、あなたは満腹になり、他の動物を食べなくなるはずです。私と子どもの体を捧げて、他の動物を助けるのは、とても大事なことですから」

ライオンは、メス牛の話を、涙を浮かべながら、じっと聞いていました。

メス牛は、さらに言いました。

「さあ、私を食べてください」

子牛も言いました。

「ぼくも食べてください」

感動したライオンは、腹を押さえながら、牛の親子に言いました。

「急に、お腹が痛くなってきた。これでは、お前たちを食べることはできないよ」

そしてライオンは、その場を去っていきました。

◇　◇　◇　◇

「これで、この童話は、おしまいだ」

ここまで語り部のように朗読してきた川口君は、酒を一杯飲むと、焼き鳥を食べ始めた。

川口君が何も見ずに朗読したことに驚いた私は、率直な感想が自然に口をついて出た。

「長い童話のストーリーを、よく覚えているね。どうやって覚えたんだ？」

「俺は、この二年間、子ども向けの劇場を開催している同好会に属しているんだ。そこでは、人形劇を見せ、童謡を一緒に歌っている。その演目の一つとして、童話の朗読をしているんだ。結構な時間をかけて朗読の練習をしているんだぞ。それに、子どもたちに語りかけるように朗読するためには、ストーリーを暗記しなければならない。とても苦労しているんだ。でも、子どもたちが真剣に聞いてくれると、練習した甲斐があったなと思い、何物にも代えがたい充実感に満たされる。それに子どもたちから、『今度、また新しい童話を聞かせてね』とせがまれると、また童話を覚えたいなと思うんだ」

「俺の知らない世界があるんだな」

「そうなんだ。でもクラスの友人たちは、純文学や海外の小説を語ることには夢中になるが、童話というと子ども向けということで、一段低く見ているように感じられる。貴島もそうじゃないか？」

「確かに低くみているかもしれない。

もっとも俺は、司馬遼太郎や吉村昭、それに津本陽の歴史小説以外に、あまり小説は読んでいないけどね」

「やはりそうか。多くの小説の読者は、童話を一段低く見ているんだな。

しかし俺は、そうした捉え方は、根本的に誤りだと思うんだ。

童話は、その国の風土や文化、それに長い年月をかけて形成された民衆の歴史や国民性に、深く根ざしていると思うんだ。

小川未明も『新童話論』で、『全ての空想が、その華麗な花と咲くためには、豊穣な現実を温床としなければならぬごとく、現実に発生しない童話は、すでに生気を失ったもの』と、語っている。

このように各国で長く語り伝えられる童話は、豊穣な現実を温床としているのだが、他方で、優れた童話は、国の違いを超えて、あらゆる国の子どもたちに感動を与える普遍性を、持ちえているように思えるんだ」

私は、川口君の語る童話論に、新鮮な感銘を受けていた。しかし川口君は童話論そのものに深入りし過ぎたと思ったのか、インドの童話に話を戻そうとした。

「ところで、朗読した『メス牛とライオン』の童話は、君の伯父さんとインドの子どもたちの関係に似ていないか。貴島の話を聞いていると、子どもたちはみなしごだったからか、伯父さんを実の親のように心の底から慕っていることがわかるからね」

私も、伯父の〝無償の愛〟とも言うべき愛情が子どもたち一人一人に伝わり、子どもたちも伯父を、まるで本当の親のように愛するようになったのだと思った。

その深い愛情で結ばれていることが、童話の中のライオンのように、賢次伯父や私に感動をもたらすのだと思い、川口君の主張に共感することができた。

しかし、次の川口君の発言が、私の満ち足りた気持ちを引き裂いた。

「とはいっても、これで伯父さんの水面下の全体像が、全て明らかになったとは思えんね。伯父さんをメルヘンの世界に押し込んで、二つのバイオリンを奏でるジェントルマンにして博愛家だと言い切ってしまっていいのだろうか。俺には、どうもそう思えんな」

「そう思えない根拠は？」

「前に貴島自身が言っていたことが、決定的な根拠だ。貴島は、兄貴の結婚パーティで聴かされた『二つのバイオリンのための協奏曲』に、伯父さんの人生を重ね合わせすぎている。そのためか、以前に伯父さんが好きなモーツァルトの曲が『交響曲第二五番』だと言っていたことを忘れているように思えるんだ」

言われてみて私は、伯父が「二五番が好きだ」と言っていたことを、完全に忘れていたことに気づいた。

「その通りだな」

川口君の鋭い指摘に感じ入ってつぶやくと、さらに彼は、核心に迫るようなことを話し続けた。

「二五番のように、激しい疾風怒濤の曲が好きな伯父さんに、単なる博愛家は似合わないよ。むしろ今、推理すべきことは、なぜインドのみなしごたちの面倒を見ようとしたのか、その動機じゃないのかなあ……」

そのとき私は、伯父がアジア各国のスクラップブックを持っていたこと、とりわけインドのスクラップブックを五冊も作り上げていたことと、伯父のインドの子どもたちへの愛情が、密接に関係しているように思えた。そのため、川口君の意見には共感できた。

「言われてみれば、その通りだね。川口の言うように、その動機を探ることが大事なんだな。それにしても、伯父の水面下の顔を明らかにする謎解きは、難解なクロスワードパズルを解くようで、一筋縄ではいかないな」

「だから伯父さんは、魅力に富んでいるんだよ。誤解を恐れずに言うならば、貴島もミステリーを解くような遊び心を持って推理していくほうが、かえって謎解きにつながるんじゃないかな」

そう言われ、私の気持ちも和んできた。

二人は、しばし黙って焼き鳥を食べ、日本酒を楽しんだ。

新しい焼き鳥がカウンター越しに渡されたが、川口君はそれを皿に置き、静かに口を開いた。

「俺たちは貧乏学生だが、バイト代さえ稼げば、そこそこの美味しい料理を食べることができる。その点で、賢次という伯父さんには、同情を禁じえないな。それにしても、フィリピンの戦場は、悲惨だったんだな」

そう言って、深いため息をついた。

「それに比べると、親父は楽をしていたな。親父は戦時中、インドネシアのスマトラに進駐していたが、一度も実戦で鉄砲の弾を撃ったことがないそうだ。戦時中なのに、とても平和だったそうだ。同じ兵隊でも、わずかに進駐地域が変わっただけで、天国と地獄ほどの体験の差があったのだな。なにか不公平な感じがするよ。

もっとも親父の部隊は、終戦直後にスカルノの軍隊と合流し、第二次大戦の勝者であるオランダ軍に敵対し、インドネシアの独立戦争を戦ったと言っていた。そのときには、銃撃戦を何度も繰り返し、激しく戦ったと、誇らしげに語っていたな。終戦後も、インドネシアには約二千人の日本軍の将兵が残留し、その多くはこのインドネシアの独立戦争に参戦したという記録もあるそうだ」

私は、このインドネシアの話を聞きながら、ベトナムでも同様の戦いがなされたことを、兄から聞いたことを思い出していた。

私が黙っていると、川口君は、さらに意外な事実を明らかにしていった。

「史学科で昭和史を研究する友人によると、ベトナムやビルマ、そしてインドの独立戦争でも同じように、相当な数の日本陸軍の将兵が共に戦ったそうだ。そして、このアジア各地の独立戦争を最も熱心にリードしたのが、旧日本陸軍の情報将校だったそうだ。日本主導の大東亜共栄圏とは異なった観点から、アジア各地の独立のために、欧米の植民地支配からの解放戦争を自主的に戦った将兵が多数いたという知られざる歴史を、我々はもう一度、丹念に掘り起こす必要があるのではないだろうか。

お前の伯父さんは、戦争中もずっと商社マンだったそうだから、根拠なき憶測に過ぎないが、俺にはどうしても、伯父さんの人間像と、インテリジェンスを持った情報将校像が似ているように思えて仕方がないのだが……」

そのとき、高校入学のお祝いをしてもらったあとに、伯父の家に行ったときの情景が、一瞬、脳裏を掠めた。そして、伯父の書斎に軍事関係の本が積み上げられていたことが、鮮明に蘇った。

しかも伯父のスクラップブックが、ベトナム、インドネシア、ビルマ、インドのものだったことが、はっきりと思い出された。

特にインドのスクラップブックは、五冊も作られていたのだ。

そのことが、インドの孤児のための学校建設に深く関わっているように思えた。

そうなると「伯父は、商社マンでありながらインドの独立戦争に深く関わり、インド独立後も経済支援を続けていた」と説明できると閃いた。

しかし、この推理の根拠は、事実の裏づけのない状況証拠に過ぎなかった。

川口君の指摘により、ベールに包まれた伯父の隠された顔が、次第に明らかになってきたように思えたが、決定的な証拠をつかむまでには至らなかった。

その後は、「就職後、どう仕事をすべきか」という話題になった。

私はコンピューターメーカー、川口君は出版社と、業種も仕事の内容も異なるが、卒業後もたまに会うことにしようということになった。

その話題でも会話はつきず、あっという間に時間は経過し、十一時近くになってしまったため、飲み屋を出て、帰宅せざるをえなかった。


年が明け、元旦の午後には、伯父に新年の挨拶をするために病院へ向かった。

母は、新年なので、私が手ぶらで病院に行くのはまずいと思ったのか、白いスイセンの花を持たせてくれた。病院の中も、正月のためか、いつもより晴れやかな雰囲気に包まれていた。

病室に入ると、伯父は起きてベットに座っていた。

「新年あけましておめでとうございます」

努めて明るい声であいさつすると、伯父も、

「おめでとう」

と言って、笑顔になった。

私は、いつもより具合の良さそうな伯父の様子に安心して、

「これ、スイセンです」

と言いながら、窓のところに飾った。

「誠也にしては、ずいぶん気がきいているね」

と言われたので、

「実は、母さんが用意してくれたんです」

と、答えざるをえなかった。

「やはりな。それじゃあ喜美江さんにお礼を言っておいてくれ」

伯父はそう言って、窓辺に視線を移すと、

「白いスイセンをこうして見ていると、すがすがしい気持ちになるね」

とつぶやき、穏やかな表情で、じっとスイセンを見続けていた。

そのとき、言うべきか言わざるべきか、決断のつかなかったインドの学校のことが、私の頭の中を駆け抜けた。そして、これだけ穏やかな雰囲気になってきたので、やはり言うべきだと判断し、逡巡を断ち切り、思いきって切りだそうとした。

「年末、賢次おじさんに、就職のお祝いをしてもらいました」

「それはよかったな」

「そのときの会話の中で、伯父さんがインドで親のない子どもたちのための学校を作りあげたことを知りました。私は、長年にわたり薫陶を受けてきた伯父さんが、仕事とは別に、そのような立派なことをしていたと聞き、あらためて甥として誇りに思いました。しかも伯父さんは、子どもたちに、とても慕われているそうですね」

「そうか、賢次は実際に学校まで行ったんだな」

伯父は、そうぽつりと言って、しばらく遠くを見るような目をした。

おそらく伯父の頭の中では、インドの学校の情景がよぎっているのだなと思い、私は黙って、伯父の次の言葉を待った。だが、そのあとも伯父は、なかなか発言しようとしなかった。

私は、インドの子どもたちを思い出し、切ない気持ちになっているのではないかと推測し、元気づけようとした。

「インドの子どもたちは、今も伯父さんを待っているんじゃないですか。だから病気を治して、またインドへ行ってください」

しかし伯父は、私の提案をあっさり否定した。

「私は、インドへ行くことは二度とないだろう。今の病状では、とても行けないと思う。私は、インドの学校について、やるべきことは全てやってきた。今では、インド人の教師も育ってきている。それに、学校の設備や水道まわりのインフラは田島君が整備してくれてきたし、これからもサポートしてくれるだろう。資金面でも、インドの友人たちが出資してくれている。それに、私が亡くなったら、遺産を全部あの学校に寄贈するつもりだ。だから何も心配することはないんだ。私が亡くなっても、学校は確実に発展していくよ」

伯父は、そう淡々と語った。そのあきらめの早さに反発を覚えた私は、思わず強い口調で詰問してしまった。

「それじゃあインドのみなしごたちが可哀そうじゃないですか！　子どもたちは皆、親の帰りを待つように、伯父さんの帰りを待っているはずですよ！」

伯父は動じることなく、静かに口を開いた。

「そう言われると、学校の子どもたち一人一人の顔が浮かんでくるよ。誠也に話していなかったが、実は昨年の夏、これが最後になると思い、体はきつかったが、無理をしてインドの学校に行ってみた。そのとき、子どもたちに嘘をつきたくなかったので、『これからは来れないかもしれない』と言ってしまった。私はもう病気の初期症状で、子どもたちの目にも病人のように見えたのだな。すると、一人の少年が、そのことを感じたのか、思いつめたような表情で口を開いた。『おじさんが病気で、一人だけで来るのがつらいなら、ぼくが迎えに行くよ』。その少年の言葉をきっかけに、何人もの子どもたちが、私の周りを囲んで『ぼくが荷物を持ってあげるよ』『わたしが、歩くとき支えてあげる』と言いながら、いつまでも私から離れようとしない。そのとき私は、他人を思いやる気持ちを持った子どもたちが育って、つくづくよかったなと思った」

そう話す伯父の目には、涙がうっすらと浮かんでいた。

私は、いつも冷静な伯父が、感情を露わにした姿を初めて見た。

そのため胸が熱くなり、何も言うことができなかった。

私は、川口君が語ってくれたインドの童話『メス牛とライオン』のストーリーを、伯父と子どもたちの情景と重ねながら、思い浮かべていた。

そのあと、伯父の感情の昂りも収まったのか、普段の顔に戻って、再び話し続けた。

「インドは、第二次大戦が終わると、一九四七年にはイギリスから独立を勝ちとった。長年にわたるイギリスの植民地支配の軛から脱して独立を勝ちとったのだ。そういう意味では、インドの歴史において、極めて意義深いものだった。

しかし政治的に独立しただけで、経済的には長く低迷状態が続き、経済発展の軌道に乗ることができなかった。そのため経済的貧困が蔓延し、民衆は貧しさに喘いでいた。その中でも、もっとも弱い子どもたちに、貧困による不幸がしわ寄せされていたのだ。インドの街では、その日の食事にも事欠く親のない子どもたちが、行くあてもなく路頭に迷っている。

私は、長年にわたり、アジア各国、その中でもインドでのビジネスが一番長く、商社マンとしてビジネスをしてきた。だから、少しでもインドの社会に貢献できればと思い、みなしごたちの学校を建設しようと考えたんだ。

それからは、仕事の合間に、志を同じくするインドの友人たちと共に、試行錯誤しながら学校を建設してきた。開校後は、学校の運営以外に、実際に子どもたちに絵を描くことを教えたりもした。そして何度も子どもたちと寝食を共にするうちに、一人一人の個性がわかり、そうなると子どものいない私には、自分の息子や娘のように思え、年を重ねるごとに、愛情が深まっていった。正直に言うと、もう一度だけ、子どもたちに会いたい気持ちを、心の片隅には持っている。

しかし、二人の教師が熱心に教育してくれているお陰で、子どもたちは、日々、力強く成長してきた。親のいないハンディを背負いながらも、物怖じせず、まだまだ控え目だが、自己主張できるようになってきている。だからもうインドに行く必要はない」

伯父は、未練を断ち切るように言うと、座っているのがつらくなったのか、ベットに横たわった。

伯父の話に深く心を打たれた私は、一語一語かみしめるように言った。

「伯父さん、いろいろ話してくれて、ありがとうございます。これから社会人になって、どう生きるべきか、よい道しるべをいただいたように思えます」

「そう言ってくれると、うれしいよ」

伯父は満足そうに、力なく微笑んだ。

伯父が疲れていることを察した私は、

「長く居すぎましたね。今日はこれで失礼します」

と言って頭を下げると、伯父は私の方に顔を向けて口を開いた。

「わざわざ元旦に来てくれて、ありがとう。とても気分が和んだよ」

私は、その言葉に応える意味も込めて、軽く会釈して椅子から立ち上がり、「また来週、来ます」と伝え、そっと病室を出た。


伯父との会話を頭の中で整理するために、いつものバスに乗らず、一時間近くかかるが歩いて帰ることにした。

その日は、空は晴れ風もなく、さほど寒くない穏やかな天候だったため、初詣に行く華やいだ雰囲気の家族連れと何組もすれちがった。

しかし私は、伯父の病状が心配で、肝心のところで疑問が解けなかったため、晴れやかな気分になれなかった。

確かに伯父は、インドで学校建設に至った理由を、「インドで長年ビジネスをしてきた商社マンとして、インドの社会へ貢献したかったから」だと、はっきりと明言してくれた。

そのため自分は、それ以上を聞きだすことはできなかった。伯父の言う理由は、ヒューマニストの実践としては素晴らしいと思うが、あまりに漠然としているように思えた。

〔長年インドで仕事をしてきた〕

↓

〔しかし、インドは経済的貧困を克服できずにいる〕

↓

〔特に、親のない子どもたちが、家もなく街の中を彷徨している〕

↓

〔だから、親のない子どもたちの学校を建設し、子どもたちを救う〕

こうステップを踏んで考えてみると、学校の建設に至るのは至極当然のように思えてくる。しかし、そう思えば思うほど、もっと具体的で切実な理由が隠されているように思えてならなかった。たとえて言えば、「二つのバイオリンのための協奏曲」を超えて、「交響曲第二五番」にふさわしい理由を突き止めねばならないと思った。

私は歩きながら、「やはり、クロスワードパズルは解き明かされていないのだな」と心の中でつぶやくと、大きくため息をついた。

第八章　もう一つの黙示録

私は、手術前の十一日にも、伯父を見舞った。

見舞いの前に伯父の家に立ち寄り、郵便受けを確認すると、珍しく伯父宛ての手紙が届いていた。「風間智子《ともこ》」という人からの手紙だった。

病室に入ると、伯父は自分から手術のことは話題にせず、まるで悟りを開いた世捨て人のように平常心のままでいるように見えた。

そんな伯父に手紙を渡すと、すぐに封を切り、真剣な表情で便箋を読み始めた。

読み終えた伯父は、しばらく目をつぶり、便箋を握りしめていた。

そのあと落胆した表情でつぶやいた。

「戦中に共に仕事をした、かけがえのない同期の友人だった風間君は、昨年亡くなったそうだ。風間君の娘さんの智子さんが、そのことをこの手紙で伝えてきた。風間君だけが、戦中も戦後も、何でも裏表なく語り合える唯一の友人だったんだ……」

私は、どうしていいかわからず、

「明日の手術の間、ずっと病院で付き添いますから」

としか言うことができなかった。

十二日、長時間の手術が行われた。

私はこの日、講義を休み、病室から手術室まで付き添い、手術が終わるまで、手術室の前の長椅子に座り、待ち続けた。

五時間あまりが経ち、ただ待つのはつらいので、持ってきた文庫本を読み続け、読了しかけた頃、手術は終わった。

手術室の扉が開くと、伯父の横たわる移動式ベットのまわりには、何人もの看護婦が付き添い、そのまま元の病室に移動した。

私は、そのままついていったが、入口で一人の看護婦から、

「複数の点滴もあるし、しばらくは術後の精密な検査による経過観察が必要なので、ご家族でも面会謝絶になります」

と伝えられた。

私が戸惑っていると、病室から出てきた看護婦が、

「今から一時間後の六時半には、手術をした担当医師から結果の報告があります。それまで受付の前のソファで待っていただけますか」

と言った。

私は指示された通り、受付前のソファに座って待つことにした。しかし時間の経過と共に、手術結果がどうだったのか不安になり、感情が高ぶって、いたたまれなくなった。無神論者でありながら、神に祈るような気持ちで、手を合わせずにはいられなかった。

六時半を少し経過した頃、看護婦が呼びにきて、担当医師のいる部屋の前まで案内された。ドアをノックし、緊張して部屋に入ると、正面に疲れきった担当医師が座っていた。

医師は、初老の温厚そうな人物で、今井と名乗ると、私に椅子に座るように促した。

「長時間かかりましたが、手術は無事終わりました。五日間は絶対安静で精密検査が必要ですが、

そのあとは面会できるようになるでしょう」

　今井医師は、そう言うと、反応を探るように私の顔を凝視した。

「手術は、うまくいったということですか？　退院できるということですか？」

　私は上ずった声で問いかけたが、医者は、何も答えず、一呼吸おくと、身上調査のような質問をしてきた。

「あなたは貴島勲さんの甥にあたる誠也さんですね。そして、あなたのお兄さん・貴島正人さんは私と同じ医者だと聞きました」

　私がうなずくと、今井医師は思わぬ提案をしてきた。

「貴島勲さんの手術の結果は、ひとことで言えないので、医者である貴島正人さんにお話しすることにします」

「兄は現在、北海道で診療所をやっているので、すぐには来れないのですが……」

「電話で構いません。あなたのお兄さんは医者ですから、電話でも正確な結果をお伝えできると思います」

　そう言われ、自分を無視されたように感じたが、医者同士で話し合ったほうがよいと思い直した。

「わかりました。それでは、どのように連絡したらよろしいのですか？」

「明日の午前中は、この病院に出勤しています。この電話番号で、『今井と話したい』と言ってくれれば、必ず電話に出るようにします」

　電話番号を書いたメモを受け取ると、今井医師にお礼を言って退室し、公衆電話に向かった。公衆電話の前に立ちダイヤルを回すと、兄が出た。

　そこで、この日の手術の経過と、今井という担当医師に明日の午前中に連絡し、手術の結果を聞いてほしい旨を伝えた。

翌日十一時過ぎに、自宅にいる私に兄から電話がかかってきた。

「誠也か、今まで電話で、今井という医者と話したよ。それで詳細に手術の結果を聞いた」

そう言って、兄は黙ってしまった。

その兄の反応で、私はもともと予想していたことだが、よくない結果だったと直感し、覚悟せねばならないと思った。

少し沈黙は続いたが、再び兄は話し始めた。

「結論だけ言おう。実際に手術は無事済んだ。だが、そもそも、癌が体のいくつもの部位に転移していて、そのことを確認するだけの手術でしかなかったそうだ。だから癌の摘出は、あきらめたとのことだった」

私はショックのあまり、何も言えなかった。

兄は、そんな私の沈黙をあえて無視するように、そのまま話し続けた。

「広範囲に癌が転移しているので、放射線治療は無理だと言うんだ。かなり前から自覚症状はあったはずで、もっと早く治療していれば、あるいは助かったかもしれないと言われた。俺も詳細を聞いて、事ここに至っては、無理な治療はすべきじゃないと思った。そうなると余命は、よくて二月までと言われてしまった」

私は、バールで頭を殴られたような衝撃に、頭の中が真っ白になった。

私の気持ちを思いやってか、再び電話越しに兄の声が聞こえた。

「誠也もショックだろうが、ここは踏ん張って、落ち込んだ気持ちを立て直すんだ。そして『手術はうまくいった』と言って、伯父を元気づけてくれないか。俺は、北海道の診療所を引き継いだばかりで、当面は上京できそうにない。卒業前の慌ただしいときに、勝手ばかり言ってすまないが、伯父さんのフォローを頼むよ」

　そうまで兄に言われ、今さら愚痴を言っても仕方がないと気持ちを切り替え、深刻な事態を努めて前向きに捉えようとした。

「卒論は先週提出したし、教授への報告は三日後になったよ。多分うまくいくと思うんだ。だから面会できるようになったら、平常心で伯父さんを元気づけてみる。うまくできるかどうか自信はないが、がんばってみるよ」

「そう言ってくれると助かるな。つらい役目だけど……誠也、頼むぞ」

　兄は懇願するように言うと、電話を切った。

　そのあと私は、気乗りがしなかったが、私と同じように心配している父と母に、兄からの電話の中身を報告した。

　しかし、そのまま話すことができず、「手術の結果は、さほど思わしくないらしい」としか言うことができなかった。


　三日後、教授への卒業論文の報告は、無事終了した。

　そして面会謝絶が解かれた翌々日、重い足どりで病院へ向かった。

　病室に入ると、伯父は予想に反して、手術前と同じように、ベットに座っていた。

「誠也か。さっそく来てくれたんだね。手術の日も、ずっと待っていてくれたそうじゃないか。いつもすまないなあ」

明るい声で言う伯父に、緊張がほぐれた私は、自然体で話しかけることができた。

「手術は、大変でしたけど、無事済んでよかったですね。その後の具合はどうですか?」

「相変わらず何か所か、体の痛みは続いている。しかし耐えられないという程ではないよ。それに、今は流動食だけど、普通の病院食に戻してくれるそうだ」

そう言うと、伯父はわずかに微笑んだ。

そこで私は、さらに元気づけようと、

「手術は無事済んだのだから、早くよくなるといいですね」

と、なるべく自然に言ってみた。

しかし伯父は、突然に黙り込んでしまった。

そのあと私のほうを見ずに、静かな口調で話し始めた。

「私の病気は、回復することはない。自分の体なのでわかるが、そう長いことはないことはわかっている。昨日、今井先生に何度も何度も、『本当のことを教えてくれ』と頼むと、ようやく『手術では、転移した癌をとりきれなかった。したがって、春を待たずに、命はつきるかもしれない』と、教えてくれたよ」

私は「なんて医者なんだ!」と、今井医師を激しく憎んだ。

しかし伯父は、そうした私の気持ちを察したようだった。

「私が無理やりに今井先生の口を開かせたんだ。私は、自分の死期が迫っていることを確認できて、よかったと思っているんだ。だから今井先生を恨んだりしてはだめだよ」

伯父は、穏やかな表情で私を見つめた。

そのため仕方なく、うなずかざるをえなかった。

私が納得したと判断した伯父は、ベットの脇にあったノートを手に取ると、意外なことを話し始めた。

「このノートは、私の第二の黙示録だ。第一の黙示録は、すでに誠也に贈った『俳人子葉を追体験する旅』のノートだ。この二つの黙示録の主人公は、同一人物だ」

その伯父の言葉に、私は思わず、

「それは赤穂義士四十七士の一人、大高源吾ですね」

と、言ってしまった。

「その通りだ。俳人子葉が大高源吾であることを、よく調べたね」

伯父は、死を目前に控えた人間とは思えない明るさで微笑んだ。

私は、死期が迫っていることを知りながら、いつもと変わらず平静さを保っている伯父に、胸が押し潰されそうで、何も応えることができなかった。

伯父は、一人静かに話し続けた。

「誠也が一生懸命になって、私の過去の経歴を調べようとしていたことはわかっていたよ。私も誠也の期待に応えようと、何度も思い悩んできたんだ。しかし、私の信条として、どうしても誠也に全てを語ることはできそうもない。だからこのノートを、第二の黙示録として、読んでもらうことにしたんだ。誠也には、このノートがなぜ黙示録なのか、その文章の行間を読んで、汲みとってほしい」

そう言うと伯父は、『俳人子葉を追体験する旅』と同じ体裁のノートを、私に渡してくれた。

気が動転したままの私は、

「ていねいに読んでみます」

と言って、ノートをリュックにしまった。

「伯父さん、何か必要なことがあったら、なんでも頼んでください」

伯父は明るい顔でうなずいてくれた。

私は椅子から立ち上がると、「また来ますから」と言って、退室した。

重い足どりで病院の廊下を歩きながら、自分のこれまでの人生において、伯父の存在がいかに大きかったか、あらためて思い知らされた。そして、もう伯父の病状回復を話題にできないと思うと、胸が張り裂けそうだった。


翌朝、雨戸を開けると、吐く息は白く、空はどんよりと曇っていた。

この気が滅入るような天候を見るうちに、まるで自分の心象風景のようだと思った。

天気予報では雪になるということだったが、伯父の『第二の黙示録』を、すぐにでも集中して読むために、あえて池上の図書館に行くことにした。

リュックに『第二の黙示録』が書かれたノートを入れ、雪対策のために長靴を履き、傘を持つと、徒歩で図書館に向かった。途中で昼食のパンを買おうと、〝ビルマ〟が綽名の店主の店に立ち寄ったが、入口には「本日休業」と書かれた紙が貼られており、パンを買うことはできなかった。

店主も、この寒さに加えて雪が降れば、客足は途絶えてパンは売れないと判断し、店を閉めたのだろうと思った。

しばらく歩くと雪が本格的に降りだし、本門寺の森が見えるあたりまでくると、木々にうっすらと白い雪が積もりはじめていた。

図書館に入ると、雪が影響したのか、普段より来館者は少なく、室内は深閑としていた。私は、精神を集中して読もうと思い、周りに人のいない席を選んだ。椅子に座り、リュックから『第二の黙示録』を取り出して、ノートを開いた。

最初のページには、「忠臣蔵――情報戦としての考察」と、達筆な、それも躍動するような力強い字で、タイトルが書かれていた。

次のページには、「亡き草影史朗《くさかげしろう》所長に捧げる」とあった。

私は、草影史朗という名前を知らなかった。あるいは大学の恩師の名前かとも思ったが、そうであれば教授とか先生と書くはずで、所長という呼称には違和感がある。

さらに、伯父の専攻は世界経済論だったことから、忠臣蔵、しかも〝情報戦〟としての考察というタイトルも意外だった。ただ、記憶を辿っていくと、伯父が将棋を〝情報戦〟と言っていたし、そのあとも何かにつけ、情報という言葉を使っていた。

だからといって、「草影史朗所長」なる人物に、なぜ伯父がこのノートを捧げたのか、皆目わからなかった。

伯父との過去の会話にも、草影史朗という名前は出たことがなかった。

しかし、戸惑う一方で、忠臣蔵を情報戦として考察するという斬新な発想に、知的好奇心が一気に高まってきた。

そこでさっそく、次ページからの本文を読むことにした。

忠臣蔵——情報戦としての考察

第一章　江戸の情報ネットワーク

本章では、『忠臣蔵』事件を通じて、江戸の情報ネットワークの特性を析出し、江戸の社会特性を浮き彫りにしていく。

その分析を基礎に、忠臣蔵を情報戦として捉え、考察を深めていくことにする。

その第一ステップとして、まず『忠臣蔵』事件とは何だったのか、その概要を確認しておきたい。

【『忠臣蔵』事件の概要】

『忠臣蔵』事件は、一七〇一年（元禄十四）三月十四日、江戸城松の廊下において、赤穂藩主の浅野内匠頭が、高家筆頭の吉良上野介に刃傷に及んだことで発生した。

浅野内匠頭は即日切腹、吉良上野介は「お咎めなし」という裁定が下された。

その後、この裁定を不服とした赤穂藩の筆頭家老だった大石内蔵助はじめ赤穂浪士四十七名は、翌年の十二月十四日、本所松坂にあった吉良邸に討ち入り、上野介の首級を揚げた。

仇討ち後、四大名家にお預けになった赤穂浪士は、年の明けた二月四日に、幕府の裁決により、切腹させられた。

この浅野内匠頭切腹後の事件の経過を詳細に追跡していくと、元禄時代における江戸の社会、その情報ネットワークシステムとしての特性が、次第に明らかになってくる。

そこでまず、事件発生後、情報はどのようにして赤穂に伝えられたのかという視点から、その経過を追跡していくことにする。

情報は、早駕籠に乗った二組の赤穂藩士四名によって、伝えられた。

一組目の早水藤左衛門と萱野三平は、事件当日の十四日の午後二時頃、「殿中において、浅野内匠頭が、吉良上野介に対し、刃傷に及んだ」という内容が書かれた、内匠頭の弟にあたる浅野大学の書状を持って出発した。

二組目の原惣右衛門と大石瀬左衛門は、その日の夜に、

「浅野内匠頭は切腹、赤穂藩も取りつぶし」

という厳しい幕府の裁定が下されたため、その情報を伝えるべく、すぐに出発した。

そして一組目は十九日の午前四時頃、二組目はその夜の八時頃には赤穂に到着し、ただちに筆頭家老の大石内蔵助に事件の最新情報を伝えたと言われている。

この移動距離と所要日数を計測すると、二組四人の赤穂藩士は、約百五十五里、六二〇キロメートルの道のりを、わずか五日間で踏破したことになる。

この短時間での踏破は、江戸幕府による全国道路網の整備、それをインフラとした情報伝達のための全国ネットワークの完成により、初めて可能となった。

一六〇三年（慶長八）、江戸幕府を樹立した徳川家康は、早くもその前々年の一六〇一年（慶長六）には、全国支配のために、江戸の日本橋を起点とした五つの街道の整備を開始していた。

基幹街道である東海道・日光街道・奥州街道・中山道・甲州街道には「五街道」という名称が

定められ、一里の距離ごとに一里塚を設定し、東海道五十三次のように、一定間隔ごとに宿場町が建設されていった。

併せて五街道に次ぐ重要な街道として山陽道が整備され、さらに日本全国を網羅する脇街道が拡張されていった。

かくの如き全国を網羅する街道があったからこそ、早駕籠による短時間の踏破が可能になったのである。


この全国ネットワークの完成は、赤穂浪士たちの頻繁な書状（＝手紙）のやりとりをも、可能としていた。

具体的に述べると、以下の通りである。

赤穂藩が取りつぶしとなって以降、浪人となった赤穂浪士達は、京都・大坂・江戸の三都を中心に、分散して生活することになった。

なかでも、吉良上野介の仇討ちを狙う浪士達は、大石内蔵助を指導者に、三都の間で、頻繁に書状のやりとりをしていた。

それらの書状に書いた情報や意見の交換により、浪士達の意思統一が図られるようになり、結束を固めながら、江戸に集結し、吉良邸討ち入りを実現していったのである。

周知の通り、重要な節目においては、主要メンバーが集結し、会合が持たれていたが、お互いの頻繁な書状のやりとりができなかったならば、遠隔地に分散した浪士達の連携は不可能であり、仇討ちは実現できなかったと言えるだろう。

蛇足となるが、仇討ち後も、大名四家にお預けになった浪士達のうち、彼らの仇討ち成就を評価した細川越中守や松平隠岐守は寛容だったため、両家にお預けになった浪士達は、家族へ書状を送ることもできたのである。

以上のように迅速な情報伝達が可能となったのは、道路網が構築されただけではなく、早駕籠専門の駕籠かき手がリレーできるネットワーク網や、書状を運ぶ飛脚のネットワーク網が、道路網というインフラの上に構築されていたからだと言える。

このことは、五街道が存在する江戸時代に限った視点から見据えると、当たり前のことのように思えるが、それ以前の戦国時代と比較するならば、全国道路網の実現、そのインフラ上での迅速な情報伝達の実現がいかに画期的だったかが、はっきりしてくる。

戦国時代にも、有力大名の領国内の道路網は、整備されつつあった。

しかし領国間をまたがる道路は、常に不安定な状態にあり、特に大名間が戦争状態に至ると、道路は切断され、領国間の情報伝達は、困難をきわめた。

そして情報伝達の分断が恒常的になると、大きく迂回して道なき山岳地帯を踏破できる山伏や忍者が、情報伝達、さらには敵地での情報収集の役割を担わざるをえなかったのである。

このように、前時代の戦国の社会と比較すると、江戸時代初期に完成することになった全国道路網や飛脚網の画期的性格が浮き彫りになってくる。

ここで飛脚の情報ネットワーク網をさらに詳細に考察すると、江戸幕府のタテ型の政治組織に合わせて、サービスレベルを分け、差別化されて、構築されていたことが明らかになる。

江戸時代の飛脚は、継飛脚・大名飛脚・町飛脚の三つの飛脚に大別される。

なかでも、幕府の継飛脚や大名飛脚といった公用の飛脚に対し、民間の町飛脚網が、急速に全国を網羅し、江戸―大坂間の月十二回の定期飛脚をはじめ、全国の主要都市を結ぶ町飛脚の定期便の全国ネットワークが完成していった。

この定期便により、すでに述べたように、遠隔地に分散していた赤穂浪士達は、頻繁な書状のやりとりができたのである。

浪士達は、ある時期から、仇討ち計画の機密保持から偽名を使うようになったが、そこまでしなくても、上杉や吉良の間者に仇討ち計画が漏れた形跡はない。

しかも書状が遅れることで、彼らの情報伝達や意見交換に支障をきたしたというクレームは、浪士達からでてきていない。

この二つのことから、町飛脚による定期便の伝達速度が守られていたこと、さらに書状を運ぶ上で、機密性が保持されていたことが、証明されたと言えるだろう。

本章を締め括るにあたり、〝江戸の情報ネットワークの質〟という視点で捉えると、もう一点、着目しておかねばならないことがある。

それは、赤穂浪士達の書状を書く能力、文章力の高さである。

彼らは総じて、簡潔明瞭にして表現力豊かに文章を書く能力を持っており、これを一時代前の戦国時代の戦国大名の文章力に比較すると、格段に優れている。

もちろん、自筆の書状を一万通も書いていた伊達政宗や、戦国大名の中でも群を抜いた教養人だった武田信玄の文章は例外にしても、文章が拙かった信長や、農民出身だったこともあり平仮名まじりの秀吉の文章と比較すると、赤穂浪士の書状の文章は優れている。

特に、赤穂浪士の中でも情報戦のキーパーソンである大高源吾が母に宛てて討入りの決意を書いた文章や、小野寺十内が妻に宛てて書いた文章は名文であり、時代を超えて、現代人の我々の心に深い感動をもたらすのである。

以上のことを歴史的に位置づけるならば、同じ武士の世界とはいえ、江戸時代初期の書状のやりとりは、戦国時代のそれに比較して、量的にも、質的にも、格段にレベルアップしていることが明らかになってくる。

さらに視野を広げて俯瞰すると、江戸時代は、町人においても、農民においても、識字率は大きくアップしていったのであり、本格的な〝文字社会〟の段階に突入していたと規定することができる。

まさに江戸の社会は、それまでの時代にない新たな情報ネットワークを基盤に成立していたのであり、大石内蔵助を指揮官とした浪士達は、その基盤を活用し、勇猛果敢に情報戦を遂行していったのである。

この第一章のあとには、大高源吾の母宛の書状が、原文のまま書き写されていた。

この書状において源吾は、吉良上野介は主君の仇であり、そのままにすることは「武士の道にあらぬ」と、明快なロジックに基づき、仇討ちの決意を書き綴っていく。

そして、主君である内匠頭の「おそば近きご奉公あいつとめ、ご尊顔拝し奉り候明け暮れの儀、今もって片時も忘れ奉らず」と書き、中小姓として仕えた懐かしき日々が、自らの記憶の中にはっきりと刻印されていることを明らかにする。

続いて、内匠頭の弟である浅野大学による浅野家再興の可能性がなくなったのだから、仇討ちをせざるをえなくなったと、母を説得する文章が続く。

原文全体としては、仇討ちせざるをえない経緯が明確な論理で書かれており、その中で、母への深い愛惜と、仇討ちへの決意が行間にみなぎる名文だと思った。

私は書状を読み、深く感銘を受けた。

ここであらためて、「第一の黙示録」の主人公である俳人子葉が武士であり、実は赤穂四十七士の一人・大高源吾だったことに想いが至ると、筆舌に尽くしがたい、熱い感情が突き上げてきた。

同時に、これまでずっと霧に包まれ見えなかった謎、伯父の見えなかった水面下の顔が、次第に明らかになっていくように感じた。

次章以降の文章の中に、さらに謎を解明する鍵が隠されている予感がして、すぐにページをめくり、第二章を読み始めた。

第二章　赤穂藩の家臣団の組織と、赤穂義士の格付と特性

そもそも赤穂藩とは、どういった藩だったのだろうか。

そして討ち入りに参加した赤穂義士達の藩士時代の格付は、どのようなものだったのだろうか。

義士達の共通の特性を抽出することはできるのだろうか。

以下では、こうした三つの疑問を考察し、一つ一つ明らかにしていきたい。

【赤穂藩家臣団の概要】

播州赤穂藩は、表高五万三千石、赤穂郡百十九ヶ村、加西郡三十三ヶ村、佐用郡五ヶ村からなり、広島の浅野藩が、本家筋にあたる。

赤穂藩は、取りつぶしになるまでに、浅野長直以来、三代五十六年の歴史を有していた。

『忠臣蔵』事件当時の赤穂藩士は、三二〇余人いたと言われている。なぜか。

その答えは、「歴代の浅野藩主が、藩士として雇っていき、その適正規模ということで、三二〇余人の家臣団になった」と思われるかもしれないが、間違っている。

「徳川の軍役規定によって、その家臣団の人数は決められていた」というのが、正解である。

実際に、江戸時代の大名は、幕府からの命令によって、石高に応じて家臣団の規模を決められていた。

兵力動員要請の数は、石高に比例して設定される。

戦国時代には、武士と農民が未分化な状態にあったこともあり、百石につき四名から五名の兵力動員を要請されていた。

しかし、江戸時代になると士農工商制度が確立し、兵農分離が実現したこともあり、幕府は、戦国時代に比較してその動員比率を下げ、百石につき約二名の動員を要請すると規定した。

その結果、「赤穂藩は五万三千石なので、千六十名の動員兵力が必要である」という計算になる。

そして、その動員兵力の構成は士分・足軽・小者・中間と階層分化しており、そのうち士分は、三二〇余人だったのである。

【赤穂藩の組織編制】

次に、赤穂藩の組織編制を概観しておきたい。

家老は、大石内蔵助を筆頭家老に、安井彦右衛門、藤井又左衛門、大野九郎兵衛の四名から構成されていた。

筆頭家老の大石は、曽祖父良勝の代から浅野家に仕え、千五百石の俸禄を受けていた。赤穂城三の丸では、華麗な日本庭園を備えた大石内蔵助の屋敷跡を見ることができるそうだ。

一方、安井彦右衛門と藤井又左衛門は江戸藩邸におり、大野九郎兵衛は、大石と共に播州赤穂にいて、城代家老を務めていた。

ここで着目すべきは、大石以外の三人の家老は一代家老であることだ。特に大野九郎兵衛は、経済官僚としての能力を評価され、組頭から家老にまで出世したと言われている。

また、大目付は、江戸と赤穂に一名ずつ配置されていた。

さらに江戸藩邸では、片岡源五右衛門をはじめとする三人の側用人が、浅野内匠頭を補佐していた。

赤穂の国元には、奉行や足軽頭といった中堅幹部が配置されていた。

こうした赤穂藩の家臣団の編成、その政治システムの性格は、江戸幕府の組織編制や政治システムに似ている。

さらに視野を広げて全国各地の各藩を考察すると、各藩共にそれぞれの個性を持ち、規定以上の家臣団を抱える藩もあったが、基本的には、江戸幕府の組織編制に合わせて、組織を構築してきたことが明らかになる。

【赤穂義士の、藩士時代の格付】

以上、赤穂藩の家臣団を概観してきたが、ここで、討入りに参加した赤穂義士達の藩士時代の格付との関係を、考察しておこう。

まず、討入りに参加した家老は、四人のうち大石内蔵助ただ一人だった。

また三百石以上の幹部クラスの武士も、二十八人のうちわずか三人に過ぎなかった。三百石未満から百石以上の武士は、十七人だった。

それに対し、百石未満の武士や部屋住みの武士は二十五人、さらに元藩士の不破数右衛門が加わっていた。

この石高との関係で明らかになることは、家老や幹部クラスの討入り参加率が極めて少なかったことであり、むしろ百石以下の武士、部屋住みの武士、元藩士の参加者が二十六人と、討入りに参加した赤穂義士の半分以上を占めていたことである。

この構成比から、武士の石高と忠義心は必ずしも相関関係にないことが、明らかになったと言えるだろう。

【赤穂義士達に共通する特性】

それでは、赤穂義士達に共通する特性とは、どのようなものだったのだろうか。

その共通の特性を抽出するためには、戦国時代から江戸時代への歴史的大転換に着目することが糸口になる。

まず、二つの時代特性をひとことで表現するならば、戦国時代は〝戦争と変革の時代〟、江戸時代は〝平和と統制の時代〟と規定できる。

そして、赤穂義士達の仇討ち事件を歴史的時間軸の中に位置づけると、戦国時代が終焉し江戸幕府が樹立されてから百年後に起こったことが明らかになる。

このちょうど百年の時間の経過により、時代特性は、根本的に大転換していったのである。江戸時代がスタートした江戸幕府樹立直後は、戦国時代の戦士共同体的組織の性格が濃厚に残存し、徳川政権においても藩においても、家臣団の自立性が保持されていた。

しかし戦争の時代が終焉し、政権が安定すると共に、武士の組織は、官僚制による統制体制へ急速に転換することになる。

その結果、歴戦の勇士として戦国時代を最前線で戦った世代は政権の主流からはずされ、代わって、官僚として有能な若い家臣団が、幕府や藩の中枢を担うようになっていった。

赤穂藩においても、そうした官僚制による統制された組織への転換が進行していったのである。

そのことは、赤穂藩士三二〇余人のうち一割五分にも満たない四十七人だけしか仇討ちに参加しなかったという事実にも、如実に示されている。

すぐに赤穂から逐電した、経済官僚のトップである城代家老・大野九郎兵衛ほどではないにしても、官僚化していた多くの藩士たちは、浅野家再興の可能性がなくなると、仇討ちを計画する大石内蔵助から離反していった。

こうした歴史的視点から浮き彫りにされてくることは、戦国時代の歴戦の勇士としての遺伝子を継承していた数少ない気骨のある武士達こそ、大石内蔵助を指導者とする赤穂義士四十七士だったことである。

実際、義士の一人である間喜兵衛は、「算用のできるやつ、作文のうまいやつ」を批判し、「武士がすたれた世の中になった」と、慨嘆していた。

そうであるがゆえに、脱落することなく仇討ちに参戦した四十七士の〝武士としての結束〟は固く、まさに戦士共同体の一員として、その強さを発揮したと言える。

ここに赤穂義士達の共通の特性を見いだすことができる。


戦国時代の終焉から百年が経ち、〝戦争と変革の時代〟は、はるか昔の縁遠き存在となり、武士の世界は〝平和と統制の時代〟となった。

その結果、武士の日常は、自分の職分をこなしてさえいれば地位は保障され、腰に差した刀を使うことのない、平和で安定した生活の営みへと、変質していったのである。

さらに経済の高度成長を経ることで、派手で豪華な元禄の町人文化が栄え、各藩の武士達も、その繁栄の一部を享受することになった。

その典型が、尾張藩の御畳奉行の朝日文左衛門だ。

『鸚鵡籠中記』の文左衛門の日記には、芝居小屋に通い、帰りに刀を置き忘れた武士のエピソードや、文左衛門自身が京・大坂に出張した折に、取引業者である商人たちから度を超した過剰な接待を受けていたことなど、現代のサラリーマンに比較してあまりに楽な勤務の実態が、詳細に書かれている。

そんな文左衛門だからか、浅野内匠頭による刃傷事件も、吉良邸討ち入りに関しても、その日記において、事実だけを簡略に書いているだけだった。

このように、〝武〟の世界に何の気概も持たない武士たちが、多数派となっていたのである。

しかし、その対極には、武士道を純化し、その立場から赤穂義士を批判する武士が少数とはいえいたことも見落としてはならない。

その批判は、肥前（佐賀県）鍋島藩の藩士である山本常朝の著書『葉隠』の中に書かれている。具体的には、赤穂義士が泉岳寺引揚げ後に切腹しなかったこと、吉良を討つことが延びて病死でもされたら取りかえしがつかなかったこと、この二点から批判している。

筆者個人としては、『葉隠』に書かれた武士道は、執拗に死にこだわりすぎ、そのため戦いにおける戦略性や合理性を著しく欠いているため、全く賛同することはできない。

しかも、この考え方は、第二次大戦時の日本陸軍の戦い方にも悪影響を及ぼしていたと筆者は判断している。実際、個々の戦いに敗れた場合に死を強要するような拙劣な戦い方で、多くの将兵が戦死していったのである。

全体としてまとめると、この両極に位置する武士達に比較して、幕府の片手落ちの裁定をも批判する赤穂義士四十七士の仇討ち行動は、〝情報戦〟として戦略性・合理性を持って実行されており、正当に評価すべきだというのが、筆者の結論である。

私がこの第二章までを読んで、まず頭に浮かんだのが、自衛隊で割腹自殺を遂げた高名な作家のことであった。なぜなら、その作家が、『葉隠入門』という本を書いていたことを思い出したからだった。

その作家は、軍事に傾倒し、自衛隊に体験入隊するまでになっていた。

「第二の黙示録」を読み進むにつれ、伯父の描写にも、軍事色が濃くなってきたと感じた。しかし、伯父の軍事色の濃い記述は、その作家の軍事への傾斜と全く質が異なり、はっきりとした証拠は何もないのだが、なぜか軍人としての経験に裏打ちされているように思えた。

次に感じたことは、戦国時代から江戸時代への歴史的大転換という捉え方が、そのまま二〇世紀の大転換期の捉え方にも当てはめられるのでは、ということであった。

第二次大戦までの昭和史は、一九三一年（昭和六）の満州事変以来、〝戦争の時代〟だった。世界史にまで視野を広げるならば、第一次大戦が一九一四年から一九一八年まで世界を巻き込んで戦われ、その間の一九一七年にロシア革命が起きていたことを、確認することができる。まさに、第二次大戦終了時までの世界史は、〝戦争と革命の時代〟だったのである。

そして、第二次大戦以降の歴史を日本一国の枠組みで捉えると、昭和史の後期は、前期と対照的に〝平和と経済成長の時代〟だった。

他方、全世界を俯瞰すると、〝冷戦とアジア・アフリカ独立の時代〟だったと規定できそうだ。

この歴史的大転換に世代論の視点を重ねてみると、第二次大戦後、戦前派が舞台から去り、戦中派が経済の主要な担い手として高度成長を牽引していった構図が明らかになる。その一方で、戦中派は過去の苛酷な戦争体験を断ち切ることができず、そのことを引き摺って生きざるをえなかったように思えた。

大石内蔵助は、刃傷事件さえなければ、平凡な一家老として生涯を終えたに違いない。

大高源吾も、刃傷事件さえなければ、俳人として充実した平穏な人生を過ごすことができたのかもしれない。

戦中派世代も、あの戦争さえなければ、多くの戦死者や犠牲者を出すこともなかったはずだし、戦後生きることができた人々も、悲惨な戦争の記憶に苛まれ続けることはなかった。

父も、大三郎伯父も、さらに出世志向でがむしゃらに働いてきた賢次伯父もまた、戦後の新時代に馴染むことができず、つらい戦争体験の記憶を消し去ることができずにいた。

私には、勲伯父さんが、「第二の黙示録」の第二章を通して、現代の世代間の断絶がもたらす悲劇、戦後の新しい時代に適応できない世代の悲哀も指摘したかったのではないかと強く感じた。

赤穂義士達は時代の変化に適応できなかったが、それに惑わされず、武士としての矜持を捨てることはなかったのであり、伯父は、その一貫性に共感を覚えていたのかもしれない。


ここまで、集中して思考し、疲れを感じた私は、頭を休めることにした。

外に目を移すと、朝からの雪は降り続いていた。その雪景色を見ながら、図書館の江戸時代の本が並ぶコーナーに足を向けた。そこで忠臣蔵の本を二冊ばかり手にとると、そのまま席に戻り、討ち入りまでの経過の部分を読んでいった。


時間はあっという間に過ぎ、二冊の本の討ち入りまでの部分を読み終えると、午後一時を過ぎていた。

空腹を覚えた私は、図書館を出た。雪はやんでいたが、白一色の風景が視界一杯に広がっていた。私は、池上駅方向に歩き、呑川の橋を渡ると、「本門寺そば」の看板を見つけ、その店で蕎麦を食べることにした。

というのも、先程読んだ本に、吉良邸討ち入りの前日、十人の赤穂義士が、両国橋向川岸町の亀田屋で蕎麦を食べたと記述されていたからだった。雪で本門寺を参拝する人がいないためか、客は少なく、赤穂義士の気持ちになって、美味しい蕎麦をじっくりと味わって食べることができた。

二時前には図書館の先程の席に戻り、「第二の黙示録」を再び精読することにした。

第三章では、「江戸のタテ型情報ネットワーク」と題して、幕府における意思決定のメカニズムを明らかにしようとしていた。
この章は、アカデミックな色合いが濃く、かなりのボリュームなので、情報戦としての忠臣蔵に関わる主要部分だけを押さえ、他は後日、あらためて読むことにした。

第三章　江戸のタテ型情報ネットワーク ――幕府の意思決定メカニズムの特性――

【忠臣蔵事件に関する幕府の裁定は、どうなされたか】

【幕府の組織体制】

【幕府の政治システムの特性】

【タテ型の〝上位下達〟情報ネットワークシステム】

伯父は、この第三章において、忠臣蔵事件における幕府の裁定のプロセスを明らかにし、そこから幕府の組織や政治システムの特性を分析し、タテ型の〝上意下達〟の情報ネットワークシステムを抽出していた。
特に、幕府の専制政治が、忍者の情報収集に基づく陰湿な密偵政治だったという指摘には、強い共感を覚えた。

私は、ボリュームのある第三章の主要部分を、ようやく読み終えた。しかし、伯父の黙示録がいよいよ佳境に入ってきたと感じられたので、とても休む気になれず、すぐに最終章である第四章「赤穂義士達の情報戦」を読みたいと思った。

第四章冒頭には、他藩の忍者の活動が書かれていた。

第四章　赤穂義士達の情報戦

【忠臣蔵事件に忍者が関与していた】


『忠臣蔵』事件への忍者ないしは間者の関与といえば、上杉や吉良の間者が赤穂に潜入し、その後も大石内蔵助の行動を追跡していたのではないかと従来は推測され、その間者が小説の登場人物にもなっていた。とはいえ、決定的な証拠となる古文書があったわけではない。

しかし、赤穂藩の隣の岡山藩の忍者が事件発生直後の赤穂藩に潜入し、情報収集活動をしていた事実が、古文書により確認されている。

その情報収集の事実経過を集約すると、以下の通りとなる。

「大石内蔵助が赤穂城に籠城するのではないか」と心配した岡山藩の殿様と家老は、同藩の忍者達を、赤穂城下に潜入させることにした。

浅野瀬兵衛を頭とする忍者達は、事件発生七日後の二十一日には赤穂に潜入し、次々と取得した情報を発信していた。それに加えて彼らは、赤穂浪士の籠城戦に備えて、赤穂城付近の図面を二枚作成した。

さらに、「大石が自分の屋敷内で鉄砲を売り払った」という重要情報をキャッチすることで、岡山藩首脳の「籠城戦はありえない」という正確な判断を導き出している。

ここで見落としてはならないことは、岡山藩の忍者の活躍だけに目を奪われることではなく、彼らのルーツが伊賀国であり、伊賀忍者であったがゆえに、近隣の姫路藩や竜野藩の伊賀忍者にも会っていたと報告していることである。

伊賀忍者は、一五八一年（天正九）の伊賀天正の乱において、織田信長が、伊賀国の人口が半減する程の大虐殺を実行したため、大半は伊賀を追われて全国に散らばり、山形の最上家から福岡の黒田家まで、一都八県の大名に召し抱えられていたと言われている。

しかし、この岡山藩や姫路藩、竜野藩の伊賀忍者の活動を踏まえると、伊賀忍者は、一都八県の範囲を超えて、より多く、そしてより深く、各大名家に召し抱えられていたと推定できそうだ。

ここで着目すべきことは、伊賀の忍者達が伊賀国を出る際に、神水を飲み交わし、仕える大名が違っていても情報交換をし、協力し合うことを誓い合ったと、『正忍記』にはっきりと書かれていることである。

したがって、岡山藩の伊賀忍者は、姫路藩や竜野藩の忍者とただ会っていただけでなく、情報交換をしていたと判断して差し支えないだろう。

さらに言うならば、幕府の伊賀忍者は、情報収集をしていなかったのだろうか。そうした古文書は発見されていないが、赤穂に隣接する三つの藩の伊賀忍者達の、迅速かつ的確な活動を踏まえるならば、幕府が忍者を使わなかったと推測するほうが、かえって不自然なように思えてくる。

【赤穂義士達の行動は、忍者そのもの】

以上、『忠臣蔵』事件にも忍者が関与していた事実について述べてきたが、次に「赤穂義士達の行動は、忍者そのものである！」というユニークな視点から、赤穂義士の行動特性を考察していきたい。

そもそも忍者は、「仮面を被って情報収集し、敵を奇襲して、敵将を殺害することを基本任務としている」と定義できる。

だとするならば、赤穂義士自身が、情報戦を戦う忍者集団だったと定義できるのではないだろうか。

筆者自身、この仮説があまりに大胆で突飛であることは、充分に自覚しているつもりである。しかし、義士全員が偽名を名乗り、何人もの義士が江戸潜入後に町人になりすまし、情報収集しているのである。しかも討ち入り当日は、全員が火事装束に身を包み、深夜に吉良邸を奇襲している。

このことからも、『忠臣蔵』事件の主役の忍者は、赤穂義士四十七士自身だった」と言って、差し支えないように思える。

加えて、「赤穂義士＝忍者説」を設定することで、『忠臣蔵』事件を、情報戦として捉えうるという、思わぬ副産物を得ることができるかもしれない。

【大石内蔵助の討ち入り戦略】

以下では、「赤穂義士＝忍者説」を念頭に置きながら、大石内蔵助の討ち入り戦略をまとめていくことにする。

大石の討ち入り戦略は左記の通りであり、〝情報戦〟重視の秀逸な戦略だった。

《目的》吉良上野介の首をとること。

《方針》吉良に関する情報を徹底して収集し、それを参考に、夜襲攻撃で一気に目的を達する。

《指導要領》

一.吉良邸及び吉良方の戦力に関する調査の徹底。
そのために全員が偽名を使い、場合によっては町人への変装も辞さない。

二.討ち入りの布陣、役割分担の周知徹底。あくまで吉良上野介一人を狙い、刃向かってくる敵のみを相手にし、負傷した敵の止めをささない。

三.吉良上野介の在宅を確認できた場合にだけ、討ち入りを実行する。

実際に大石内蔵助が「仇討ちの選択肢しかない」と決断したのは、内匠頭の弟である浅野大学の「広島浅野本家にお預け」が幕府によって決定され、浅野家再興の道が完全に閉ざされてからであった。

それまで、少人数でも吉良を討とうとしていた急進派を押さえる側にいた大石も、以降は、一気に仇討ち決行を準備することになる。

七月二十八日の京都での円山会議では、大石の決意が披瀝され、それ以降、百五十数名の同志達が提出していた誓詞である「神文」を返すことで、仇討ちに参加するか否かを問うたのである。

ここで、半数以上の同志が、脱落した。

この時点での脱落者達は、浅野家再興による再仕官の道を選択しようとしていたのであり、仇討ちのために大石の同志になったわけではないことが証明された。

その後も、脱落する者が討ち入り寸前まで相次ぎ、四十七士のみが残ったのである。

したがって、情報収集にあまり日時を要すると、脱落者が多く出て戦力ダウンになるため、七月以降の大石の討ち入り戦略の推進は、時間とのぎりぎりの戦いだったと言える。

それにしても「吉良上野介の首をとること」の一点に目的を集中し、〝情報戦〟重視に徹した夜襲攻撃の方針を、筆者なりに整理し文章化してみると、卓越した軍事戦略家としての大石内蔵助像が、はっきりと浮き彫りにされてくる。

しかも、三つの指導要領が、目的・方針に沿って、整合性を持って体系化されている。

以下、一つ一つの指導要領がどう実行されたか、簡単なコメントを加える。

第一の指導要領の実行において、義士達は苦労して吉良邸の絵図面を入手した。加えて、最新の防備状況を調査するために、町人になりすまし、吉良邸裏門の目と鼻の先にある所に商店を構えた前原伊助・倉橋伝助・神崎与五郎の三人が、夜になると物干し台から吉良邸の様子を探った。さらに別の義士達は、縁戚関係にあった上杉の加勢が到着することを想定し、実際に歩いてみて、到着までの時間を算出していた。

そうしたきめ細かい探索活動により、吉良邸と吉良方の戦力を、討ち入り前に、かなりの程度把握できていたと評価できそうだ。

第二の指導要領「討ち入りの布陣、役割分担の周知徹底」に関し、コメントする。

まず四十七士を、表門組二十三名と、裏門組二十四名に分け、挟み撃ちの戦闘体制を実現した。

そして両組共に、指揮官・副官を設定し、屋内侵攻と屋外攻守の役割分担を明確化した。加えて刀以外に槍・長刀・半弓・弓での武装の担当武士も決めて戦った。

この結果、赤穂サイドの圧倒的勝利が実現した。

戦闘の詳細は周知のことなので省略するが、赤穂義士に負傷者はいても一人の死者も出ておらず、吉良側は十八名の死者を出し、二〇名が負傷していた。しかも指導要領に沿って、負傷者に目もくれなかったため、吉良上野介の首をとることができた。


第三の指導要領は、他の二つに比較して目立たず見落としがちだが、実際には、仇討ちの成否を左右する最重要の指導要領だった。

というのも、吉良上野介は、実の息子が藩主となっていた上杉の屋敷と吉良邸を行き来しており、吉良邸討ち入り時に、唯一のターゲットである上野介が不在の可能性が大いにありえたからである。

そのことを憂慮していた大石は、二つのルートから、上野介在宅の日程を探ろうとした。第一は、上野介の茶の師匠である山田宗偏からの情報収集である。

それを担ったのが、大石が最も信頼していた大高源吾であった。源吾は、俳人子葉として名をなしていただけでなく、俳諧と茶道は縁が深いことから、茶道のたしなみもあった。その経歴を活かした源吾は、京都の呉服商の仮面をかぶり、脇屋新兵衛という偽名を名乗り、風流人として山田宗偏に弟子入りした。

そのあと茶道の教えを受ける会話の中で、さりげなく宗偏が吉良邸での茶会に出席する日を聞きだした。残念ながら一度目に聞きだした茶会の日程は延期となったが、源吾はそれにもめげずに、再度、吉良邸の茶会の日程を聞きだした。

その情報に基づき、討ち入り決行の日、十二月十四日が決定されることになる。

慎重な大石は、かねてより親交があり、吉良家とのパイプのあった羽倉斎からも、茶会の日取り情報を得ていた。この第二のルートの情報を、第一のルートの源吾の情報と突き合わせてみても十二月十四日となり、完全に一致した。

かくして第三の指導要領は実現することができ、仇討ちの成功につながったのである。


ここで一つだけ残った、仇討ち事件を情報戦として捉えた際の筆者の疑問を、書き留めておきたい。

それは、「幕府の忍者達が、吉良邸討ち入り計画を事前に探知できなかったのか」という疑問である。幕府の忍者の情報網をもってすれば、たとえ大石が垣見五郎兵衛と偽名を名乗っていても、山科から江戸へ向かったことを、容易に探知できたであろう。

あるいは幕府内で冷遇されていた忍者達は、不遇になりながらも、ひたむきに努力する赤穂の浪士達の姿に共感し、意図して報告を怠ったのかもしれない。

この筆者の仮説は、あくまで確定的な証拠のない推理に過ぎない。したがって筆者は、未来の歴史家がこの仮説を検証してくれることを、切に願うものである。

【大高源吾の討ち入り】

本稿を締め括るにあたり、大高源吾の討ち入り時のこと、それ以降のことに関しても、簡単にコメントしておきたい。

大高源吾は、俳人としての才能を発揮した。しかし、文人としての顔だけでなく、長太刀を得意とする武芸達者の顔も持っていた。討ち入り時は、表門組として吉良屋敷への一番乗りを果たし、屋外攻守の役割を担い、得意の長太刀で戦った。

まさに大高源吾は、文武両道に通じ、勇気ある、人格識見共に秀でた武士だったのである。

そのことは、源吾の討ち入り時の火事装束に書きつけられた

山を裂く刀も折れて松の雪

という力のみなぎった辞世の句に、凝縮されているように思える。

察するに、戦闘時の源吾は、上野介が見つかるまで気が気でなかったのではないだろうか。自分の情報でこの日が設定されていることに、責任感のある源吾は、重圧を感じていたように思える。それゆえ、他の同志達が上野介を炭小屋で発見し、本懐を遂げたときには、自分の収集した情報が正しかったことに安堵し、胸をなでおろしたのではないだろうか。

仇討ち成功のあと、源吾は、松平隠岐守の屋敷に預かりとなった。その間に源吾は、茶道の師である山田宗偏をだましたことを悔いて、お詫びの遺書を書き残した。

欺きて師とし、欺きて弟子となりたる事、恐れ入り候。併しながら義士忠臣の成す所なれば

御免を蒙るべし

この遺書からは、仮面をかぶり、師を騙さねば目的を達することができなかった源吾の哀しさが、ひしひしと胸に迫ってくる。そして、源吾の誠実な人格が行間ににじみ出ているようで、深い感銘を覚えた。

年の明けた二月四日、幕府の裁決により切腹を命じられた源吾は、辞世の句を詠んだ。

梅で飲む茶屋もあるべし死出の山

この辞世の句で、「第二の黙示録」である『忠臣蔵——情報戦としての考察』は終わっていた。以降は、いくらページをめくっても、空白のページが続いているだけだった。

伯父は、なぜこの論文を「第二の黙示録」と言ったのか、皆目わからなかった。ひょっとすると伯父は、源吾の人生を通じて、自分の人生を黙示しているのではないかと閃いたが、その根拠となるものは何もなかった。

冬の夜は、足早に訪れる。図書館を出ると、あたりは暗くなっていた。私は雪道を歩いて、家路についた。

第九章　伯父の死

翌日も翌々日も授業とアルバイトがあり、伯父の見舞いには行けなかった。

三日後の午後、ようやく時間をとることができ、病院へ向かった。あいにく寒風が吹きすさぶ日で、残雪もあり、分厚いジャンパーを着てマフラーを首に巻いていても、寒さが体にしみこんできた。木々の枯葉もほとんど散っており、荒涼とした街の風景が広がっていた。

病院に入ると暖房がきいており、ほっとして受付前の長椅子に座り、しばらく体を温めた。病室に向かい、引き戸を軽くノックして中に入ると、看護婦が、伯父の体に装着した検査機器のデータを用紙に書き込んでいるところだった。

私は、そっと近づきながら会釈した。看護婦は浮かない顔で、

「ご苦労様です。せっかく寒いなか来ていただきましたが、昨日から容態がよくありません。ですから、お話は短時間にしてください」

と小声で言うと、病室を出ていった。

私はベットの横に座り、伯父の顔を見つめた。伯父は寝入っていた。呼吸の乱れはなかったが、顔はやつれていた。

五分ほどして、伯父は目を開け、私のほうにゆっくりと視線を移した。

「誠也か……。来てくれたんだね」

そう言って微笑んだが、言葉に力はなかった。

「『忠臣蔵——情報戦としての考察』を読みました。斬新な視点からの分析で、とても勉強になり

ましたし、大高源吾の生き方に深い感銘を受けました」

伯父は満足そうな表情になった。

私の頭の中では、「なぜ伯父が『第二の黙示録』と名づけたのか？」「草影所長とは誰なのか？」「なぜ赤穂義士達の仇討ちを情報戦として捉えようとしたのか？」等々、質問したい項目が、次々と浮かんできた。しかし、その質問に、伯父は答えられそうになかったので、自分がやろうとしていることを一つだけ報告しようとした。

「まだ授業やバイトがあるので二月になってしまうけれど、吉良邸や泉岳寺、それに大高源吾が切腹した松平隠岐守の屋敷跡にも行ってみるつもりです」

この発言に伯父は、顔をほころばせた。

「私は文献を読み、論文めいたものは書いたが、実際に、その三つの場所に行っていない。誠也が現地に行ってどう感じるか、聞いてみたいね」

「それじゃあ、現地を散策したら、また来ますから」

私は、伯父の孤独な心情を少しでも和らげようとした。伯父はやっとのことで、

「楽しみに待っているよ」

とだけ言った。

私はこれ以上会話すべきでないと判断し、目礼すると、そっと病室を出た。


翌週、吉良邸を目指すべく、まず地図でその位置を確認しようとした。地図をじっと見ていると、一つのことに気づいた。それは、昨年末に賢次伯父にご馳走になった料亭が、吉良邸に近いことだった。吉良邸は両国駅に近いが、その料亭は手前の駅の浅草橋に近かった。

翌日、秋葉原で乗り換え、一つ目の駅である浅草橋で降りた。神田川まで歩き、川沿いの道を進むと、程なく賢次伯父と行った料亭の前に出た。昼と夜では、町並みの雰囲気はまるで違うなと感じながら、その料亭を右に曲がると、神田川にかかる柳橋に行き着いた。柳橋を渡り左に曲がると、隅田川にかかる両国橋が見えてきた。神田川に比べると、さすがに隅田川は川幅があった。吉良邸はこの先にあると確認していたので、両国橋を渡った。

その対岸で、思わぬ史跡を発見することができた。

なんとそこには、大高源吾の詠んだ句の堂々たる石碑があった。

石碑には、「日の恩やたちまちくだく厚氷」と刻まれていた。また、その背後には、日露戦争の満州軍総司令官・大山巖の揮毫した「表忠碑」が建てられていた。さらに、その横には、葛飾北斎による、江戸の民衆で溢れかえる両国橋の絵を写した看板があった。

何の変哲もない小さな児童公園に、三つの時代の造形物が併存していた。

私はしばし佇み、伯父の「『丁丑紀行』追体験の旅」のあかつき公園や遊行寺のところに書かれていた「どのような場所でも、そこには地層を重ねるように固有の歴史が堆積している」というフレーズを思い出し、同じ感慨にひたった。

吉良邸跡地までは、五分とかからなかった。吉良邸の一角には、上野介の木像や「みしるし洗いの井戸」、吉良側の戦死した武士たちの名前を書いた石碑があった。その狭い一角には、十人を超える見学者がおり、「やはり忠臣蔵は人気があるのだな」と、あらためて実感した。

次に電車で移動し、泉岳寺で四十七士の墓に参拝した。大高源吾の墓では、特に心を込めて手を合わせた。

そのあと三田駅まで地下鉄で移動し、慶應義塾大学に隣接したイタリア大使館の見える場所まで歩いた。このイタリア大使館の場所こそ、松平隠岐守の屋敷跡であり、大高源吾の切腹した地だった。当然ながら、大使館の中に入ることはできず、鬱蒼とした木々を塀越しに見ることしかできなかった。私は、あきらめきれずに大使館の周囲を歩いたが、陽はすでに西に傾き、これ以上いても仕方がないとあきらめ、三田駅まで戻った。

翌日、私は伯父に報告すべく、病院に向かった。念のためナースセンターで看護婦に面会することを告げ、病室に入ると、伯父は起きていた。

「誠也、たびたび来てくれて、すまないね」

前回よりはっきりとした口調で、伯父は言った。

私は、今日の伯父は体調が良さそうだと判断し、前日の忠臣蔵ゆかりの地の散策結果をかいつまんで報告した。その間、伯父はじっと黙って聞き入っていた。

私の報告が終わると、伯父は満足そうな表情で口を開いた。

「誠也は技術系だけど、相当な歴史好きだね。それに私のできなかった現地調査までやってくれて嬉しいよ」

呼吸を整え、かみしめるように話しだした。

「二つの黙示録を、内容の理解できる誠也に読んでもらって、私は幸せ者だよ。インドの学校も軌道に乗ったし、それに、私の尊敬する恩師がどのように生きたか、知ることができた。思い残すことは何もないんだ」

尊敬する恩師とは誰なのか、どうしても聞いてみたかったが、これ以上の会話は無理だと思った。しばらくして伯父は、目をつぶり、眠り始めた。

私は心の中で「また来るから、伯父さん、がんばって」とつぶやいて、病室を出た。

翌週、伯父を訪ねたが、病状が日ごとに悪化してきたのか、眠り続けていて会話することはできなかった。その翌週も、さらにその翌週も伯父との会話はできなかった。私は何も語らない伯父を見つめ、落胆して帰ることしかできなかった。

二月も下旬に入ると伯父は昏睡状態になり、予断を許さない容態が続いた。

そして二十五日の深夜、病院から電話があり、「危篤状態です」と言われ、すぐに自転車で病院に向かった。精一杯ペダルをこいで走ったが、病院に着いたときには、伯父はすでに亡くなっていた。

伯父の死に顔はとても穏やかで、ただ眠っているだけのように見え、私は、伯父の死を受けとめることができなかった。伯父の痩せ細った手を握っていると、次第に冷たくなってくるのが伝わってきて、悲しみがこみ上げてきた。

三日後、斎場で通夜が行われ、翌日は葬儀となった。

通夜も葬儀も、滞りなく進行していった。私は伯父が死んだことがまだ信じられず、まるで映画のシーンを見ているように現実感がなかった。焼香する以外は、ただ茫然としているだけだった。

会葬者は少なかった。そんな中で、認知症の進行を理由に賢次伯父が祖母を連れてこなかったことに大三郎伯父が怒り、言い争いになった。怒鳴り合う声だけが会場に響きわたり、かえって閑散とした寂しい葬儀という印象を際立たせた。そのことが私には悲しかった。

大三郎伯父は二年前に退職しており、頭も禿げ上がり老け込んで見えた。賢次伯父も、この六月に退職することが影響してか、白髪が目立ち、かつての野心に満ちた存在感は消え失せていた。父は、我々家族の支えがなければ歩くことさえままならず、椅子に座ったまま、言い争いを黙って聞いているだけだった。

それに比べて、会場内にいる賢次伯父や大三郎伯父の子ども達、それに兄や私も、すでに二十歳を過ぎ、外見だけは大人になっており、月日の流れを感じた。

いまや戦中派が社会の第一線を退き、これからは戦争を知らない我々の世代が社会を担うようになっていくのだと思った。

終戦から三十年が経過し、〝戦後〟という言葉は、消えていくと感じた。そして転変の激しかった昭和の時代、なかでも高度経済成長の時代はまもなく終焉するだろうと、醒めた気持ちの中で予感した。


葬儀は、型通りに終わりかけていた。

ところが僧侶の読経が終わり、棺の中に親族が花を入れ始めたときに、予定も連絡もなかった会葬者が訪れた。

その会葬者とは、黒く日焼けした、がっちりとした体格の日本人の青年と、六十歳前後の四人のインド人男性だった。彼らは急いで焼香すると、自己紹介をした。日本の青年は、「青年海外協力隊員の田島です」と名乗った。四人のインド人男性は「ビジネスマン」と名乗り、賢次伯父と小声の英語で会話していた。

棺が運ばれようとすると、彼らは急に直立不動になり、軍隊式の敬礼をした。そして「キャプテン　ハザマ」と口々に叫ぶと、嗚咽をこらえ肩を震わせていた。

私は茫然として、この光景を眺めていた。すると賢次伯父が近づいてきて、

「余計なことだったのかもしれないが、俺が田島君に伝えたんだ。そうしたら、四十年来の友人だという四人のインド人も来てくれた」

と、ぼそっと言った。賢次伯父にしては、いいことをしてくれたなと思った。

四人のインド人男性が、なぜ直立不動で敬礼したのか、なぜ「キジマ」でなく「ハザマ」と言ったのかは、理解できなかった。

ただ、伯父と彼らは、単なるビジネスの関係を超えた深い絆でつながっていることは、はっきりとわかった。そしてその絆は、戦争によって結ばれたものかもしれないと感じた。

葬儀が終わり、変化の少ない日常が戻ってきたが、私の心の中で伯父は生き続けていた。そんなふうになったのは、身近にいた伯父の死のショックを和らげるため、意識下で伯父の死を認めたくないと思ったからかもしれない。

それにしても、伯父の水面下の顔は、わからないままだった。伯父は亡くなり、もはや語り合うことはできないが、伯父の全てが知りたいという気持ちを消し去ることはできなかった。

そんな気持ちで、伯父の病室の後始末をすべく、ベッドの横の机の中にある住所録や書類等を回収していると、以前、私から伯父に渡した、風間智子さんからの手紙が見つかった。

封筒の中には、一度伯父が握り締めたため、しわのよってしまった便箋が入っていた。

私は、伯父の知らない過去が書かれていないかと、勢い込んで読み始めた。

そこには、以下のことが書かれていた。

風間智子さんの父・風間徹さんは、昭和二十五年にロシアの捕虜収容所から帰国したこと。

その二年後に結婚し、智子さんが生まれたこと。戦後は商社マンになり、中近東やアフリカに出張することが多かったこと。明るい温厚な性格で、家族思いだったこと。しかし、親族とのつきあいは避けており、戦争中のことは決して口にしなかったこと。

そのあと、次の文章で締めくくられていた。

貴島様は父の唯一の友人で、数年に一度はお会いしていたようですね。貴島様と飲まれて帰ってきた父は、いつも機嫌が良く、嬉しそうでした。貴島様のことを父は「同期」だというので、あるとき私は『大学や会社の同期なの？』と聞いてみましたが、『いや、そうじゃないのだが……』と言葉を濁されてしまいました。

父はいたって健康で、『また貴島君に会いたいな』と言っていましたが、今年の秋に突然入院し、一か月も経たないうちに亡くなりました。葬儀は、生前の父の意向に沿い、密葬で行いました。

そのこともあり、ご連絡が遅れ、申し訳ありませんでした。

手紙を読み終えた私は、「戦争中のことはなにも口にしなかった」という点で、智子さんの父親の風間徹さんも、伯父とまったく同じだと思った。

しかし、〝大学の同期でも会社の同期でもない同期〟とは、何を意味するのか。伯父の水面下の顔の手掛かりになりそうに思えたが、それ以上の推測はできなかった。

授業も終わり、卒業式を残すのみとなったので、久しぶりに川口君に会うことにした。前回と同じ高田馬場の「たぬき」のカウンター席に二人で座ると、焼き鳥を注文し、いつものように生ビールで乾杯した。

伯父が亡くなったこと、入院してからの伯父との会話、そして「第二の黙示録」の内容を詳細に話していった。川口君は、じっと黙って興味深そうに聞いてくれた。

「結局、伯父の水面下の顔は、何もわからなかった」

溜め息まじりに言って、長い話を締め括った。話しすぎたと感じ、時計を見ると、すでに一時間が経過していた。

しばらく間をおいて、川口君は口を開いた。

「その黙示録が書かれたノートを読んでみたくなったな。でも、貴島にとって大切な遺品なんだから、貸すことはできないんだろ？」

そう言われた瞬間、私は、大事なことを忘れていたことに気づいた。

そうだ！　伯父は入院中にSという人にノートを貸していた。

なぜそのことに気づかなかったのだろう！

自分の勘の悪さにがっかりした。

同時に、すぐにでもSという人物に連絡を取りたいと思った。

川口君にそのことを話し、「次の機会に埋め合わせするから」と頭を下げ「たぬき」を出ると、家路を急いだ。

机の引き出しを開け、伯父が病院へ持ち込んでいたブルーの手帳を取り出した。手帳の住所録を目で追っていくと、幸いなことに、Ｓという苗字の人物は一人しかいなかった。名前の下には、住所と電話番号がメモされていた。伯父はＳ氏と電話でやりとりし、面談していたのかもしれないと直感した。

私は、矢も楯もたまらず電話したくなったが、それでは、自分の聞きたいことの真意は伝わらないと思い直し、手紙を書くことにした。

翌朝、手紙を出すと、五日後には返信が来た。

「会って、知っている範囲のことは全てお話しする」と書かれていた。

手紙には、Ｓ氏が、近現代、特に軍事をテーマとしたノンフィクション作家だという自己紹介が書かれていた。

Ｓ氏の自宅に電話して、三月第二週の月曜日の午後に新宿で会う約束を取りつけることができた。

第十章　伯父の水面下の顔

約束した日は、春の気配が感じられ、三月上旬とは思えない暖かい天候だった。

空は晴れわたり、今日こそ、伯父の隠された過去が全て明らかになるような予感がして、私の気持ちは昂っていた。

午後一時、新宿・紀伊國屋の一階エスカレーター横に到着すると、リュックから目印となる大学ノートを取り出し、周囲に目を配った。私に気づいたのか、中肉中背でグレーのブレザーを着た中年の男性が、きびきびとした動作で近づいてきた。男性はあご鬚を生やし、眼光が鋭かった。

「Sさんですか？」

私がおずおずと確認すると、男性はにこりと笑い、

「Sです。貴島誠也さんですね。この近くの、出版社の人間とよく利用する喫茶店に行きましょう」

と言うと、私を先導して早足で歩き、中村屋の横の通りにある喫茶店のドアを開けた。

ウェイトレスは、ゆったりしたソファのある奥のテーブルに我々を導いた。周りのテーブルとは離れており、客もまばらだった。

「ここだったら、気兼ねなく話せると思ってね」

S氏はそう言うと、コーヒーを注文した。

私もコーヒーを注文し、あらためてお礼の挨拶をした。

「なかなか礼儀正しいんだね」

S氏は私を鋭い眼で凝視すると、「さっそく、本題に入ろう」と言い、立て板に水を流すように

話し始めた。

「もらった手紙に書いてあった、君の伯父さんにあたる貴島勲さんだが、単刀直入に言うと、日本陸軍唯一の情報戦士養成学校である『中野学校』を卒業している。卒業後は、情報将校として、ベトナム、インドネシア、ビルマ、特にインドの独立のために、表向きは商社マンになりすまし、〝見えない戦争〟を戦っていたのだ」

伯父の書斎に、ベトナム、インドネシア、ビルマ、インドのスクラップブックがあったことが、即座に思い出された。なかでも、インドのスクラップブックが五冊もあったことが、頭の中にはっきりと蘇った。

S氏は、そんな私の記憶の再生に気づくこともなく、話し続けた。

「昭和十九年のインパール作戦では、インド国民軍の将兵と共にビルマからインドに進軍し、インド独立のために戦っている。インパール作戦自体は無謀な戦いで、多くの戦死者を出し、作戦的には大失敗だった。しかし、インド国民軍が、貴島さんら日本軍の情報将校と共にインドまで進攻し、コヒマやモイランの地にインドの三色旗を翻すことができた歴史的意義は、計り知れないほど大きい」

S氏は、その具体的裏づけとして、終戦後にインド国民軍の軍事裁判を強行しようとしたイギリス軍に対してインドの民衆が怒り、抗議デモを実施して、ゼネストや暴動に発展させていった経緯を語った。

さらに、インド人海軍水兵による一斉反乱が勃発、民衆もこれを支持し、デモやストライキが頻発して、ついに百年にわたるイギリスのインド支配は終焉を迎え、インドが政治的に独立を獲得することができたと強調し、さらに、こう言い切った。

「そのきっかけを作る一翼を担ったのが、インド国民軍と軍事行動を共にした、中野学校卒の情報戦士たちである」

私は、伯父の水面下の顔が一気に浮上してきたことに驚愕し、体全体が小刻みに震えた。それでも冷静になろうとし、震えを押さえ、口を開いた。

「伯父の書斎に、伯父の描いたモイランの風景画があったのを思い出しました」

「その絵は、インドの軍人達と共に戦い、一時的にせよ占拠した記念の地を、戦後になって訪れて、描いたものなんじゃないだろうか」

「インドネシアのバンドンの風景画もありました」

「バンドンか。ということは、君の伯父さんは、植民地からの解放のためだけでなく、政治的に独立したアジア・アフリカ各国の経済的な発展を、心から願っていたんだな」

「なぜ、そう言えるんですか」

「一九五五年に、インドネシアはジャワ島の高原都市バンドンで、アジア・アフリカ会議が開かれたからだ。参加二十九ヶ国の政府代表の中には、日本政府も含まれており、インドネシアのスカルノ大統領が『アジア・アフリカ諸国の誇りの上に立った国際協調』を提唱した。この会議は、アジア・アフリカの有色人種のみが結集した初めての会議であり、欧米の植民地支配の長い歴史に終止符を打ったということでは、画期的な意義を有していたと言えるだろう。

君の伯父さんは、その会議の開催に心の底から感動して、バンドンの風景画を描いたんじゃないのかな」

私はそのとき、兄から聞いた、ベトナム独立のために戦った日本陸軍の将兵がいたということ、さらに、川口君の父親がインドネシアでスカルノの軍隊と合流してオランダ軍と戦ったこと、しかも数多くの日本陸軍の将兵が参戦していたということを、はっきりと思い出した。

しかし今は、伯父の水面下の情報を少しでも多くS氏から聞きだしたいと思い、風景画にまつわる質問を続けた。

「伯父さんは、とても絵がうまくて、その日に見てきた風景を、まるで写真のように正確に再現できたんです。一度『伯父さんの眼の中には、精密な写真機が入っているんじゃないですか』と言ったら、ひどく不機嫌になったんです」

私が、そう懐かしんで言うと、S氏は予想だにしないことを話しだした。

「そんなことができたのは、君の伯父さんが、その場で見た風景を記憶してあとから描く、特殊な訓練を受けていたからかもしれないな。実際、中野学校出身の情報将校がソ満国境にあるソ連軍の軍事施設を偵察し、関東軍の駐屯地に戻って正確に再現した細密画が、現在も残っている」

「伯父さんは、もともと絵を描くのが好きだったようですけど……」

「だから不機嫌になったんじゃないのかな。絵を描くという、自分の好きな趣味まで、軍事目的に使わざるをえなかったんだから」

私はS氏の発言を聞きながら、私に指摘された際の、伯父のやりきれない哀しい心情が伝わってくるようで、気持ちが落ち込んだ。

それでも、今日のS氏の説明で伯父の全てがわかると思い、気を取り直して、葬儀の際に感じた疑問を質問してみた。

「伯父の葬儀の際に、四人の初老のインド人男性が来て、棺の前で、直立不動で敬礼したんです。そして『キャプテン　ハザマ』と叫んで、肩を震わせていました。発音がよく聞き取れなかったのかもしれませんが、『キャプテン ハザマ』は、なにか変だと思いました……」

「変ではないよ。『キャプテン ハザマ』は和訳すると『狭間大尉』になる。君は、『なぜ狭間なのだ』と聞きたいのだろう?」

私がうなずくと、S氏は説明を続けた。

「陸軍中野学校に入学すると、機密保持の関係から、親兄弟との関係を絶ち、本名を捨てて偽名を名乗らされた。伯父さんは中野学校卒業後、陸軍の情報将校となり、インド進攻時には階級が上り大尉となっていたのだ。ただし、名前は、偽名の狭間を使っていた。会葬に来たインド人は、インド国民軍の元軍人だろう。だから彼らは、『キャプテン ハザマ』すなわち『狭間大尉』と叫んだのだろう。これが、以前、インド国民軍の元軍人から入手した写真だ」

S氏は、そう言うと、一枚の写真を鞄から取り出し、テーブルの上に置いた。

そこには、六名のインド人の将兵と共に写っている、陸軍将校の軍服姿の伯父がいた。

六名のインド人の将兵のうち二人は、先日の葬儀に来たインド人だとわかった。

写真はセピア色に変色していた。

しかし、写真の中の七人の若い軍人は全員が明るい表情で、「生死を共にしてインド独立に向け戦おう」という決意がみなぎっているように見えた。

私は、その写真に血が逆流するような衝撃を覚えた。

そうだったのだ。

伯父は戦争中も商社マンだと言っていたが、それは、敵だけでなく、味方も、そして親兄弟さえも欺くための表の顔だったのだ。

表の顔の下には、情報将校としての伯父がいた。
だから伯父の書斎には、古い軍事関係の本がうず高く積まれていたのだ。

私は、クロスワードパズルの謎が、次々と解き明かされていくので、まるで探偵になって推理しているような浮ついた気分になった。

しかしその一方で、謎の解明が進めば進むほど、やるせない気持ちになり、別な質問をせざるをえなかった。

「なぜ伯父は、戦後も、親兄弟、そして私にも、中野学校出身の情報将校だと話してくれなかったのでしょうか？」

「〝黙して語らず〟という姿勢が、中野学校出身者には共通している。私が取材した多くの中野学校出身者は、家族に何も語っていない。私がインタビューしているのを横で見ていて、初めて自分の夫や親が情報将校だったとわかるケースがよくあった。〝黙して語らず〟という姿勢もさることながら、『情報将校としての特殊な体験を語っても、理解してくれないだろう』という諦観が、彼らにはあるのかもしれない。

しかし、たとえ彼らが語らなくても、虐げられたアジアの民衆のために戦ったこと、アジアの植民地の解放による政治的独立を追求していたことは、歴史的にも正しかったと誇るべきだと思うんだ。だから私は、歴史の闇に葬られた中野学校とその卒業生達の活動を掘り起こして本にしてきたし、これからも続けていくつもりなんだ」

私は、S氏の話を聞きながら、伯父は情報将校だったことを何も語ってくれなかったが、アジア、とりわけインド独立のため正しい戦いをしたのだと思った。そして、そんな伯父を誇りたいという心境になった。

「それにしても、中野学校出身者を取材するのには骨が折れるよ。彼らはなかなか口を開こうとしないし、そもそも会ってくれないからな。君の伯父さんである貴島勲さんにしても、三年前から何度も手紙を出してきたんだが、会ってくれなかったからね。

ただ、昨年十月に〝中野学校創設者の草影少将の知られなかった軌跡が明らかになった〟という主旨の手紙を送ったら、十二月に病院で会えることになったんだ」

そう話すS氏の言葉には、生気がみなぎり、ノンフィクション作家としての執念が感じられた。

「貴島さんは、中野学校で草影所長の教育を直接受けていたから、草影所長の考え方に最も近かった。実際に病院でお会いして、心の底から草影所長を尊敬していたことがわかったよ。自分の知らない草影所長のその後の軌跡が知りたくなって、会ってみる気になったんだろうね」

私は、『第二の黙示録』の二ページ目に書かれた「亡き草影史朗所長に捧げる」という文章のことをS氏に話した。

「丁寧にノートを読み込んでいるね。貴島さんは、『草影少将の墓前に捧げてほしい』ということで、ノートを貸してくれたんだ。そういえば君は、草影少将のことは、何も知らなかったんだね」

S氏は、草影少将が中野学校の初代所長だったこと、その後、ヨーロッパの諜報組織〝星機関〟の責任者として情報収集にあたったこと、昭和十八年に、東満の虎頭に置かれた関東軍第四国境守備隊長になったこと、昭和二十年二月には、関東軍のハルビン特務機関長となったこと、そして終戦直後にソ連軍に捕まり、シベリアからモスクワへ移され、秘密警察の拷問により獄死したことを、順番に話していった。

「ところで、伯父が知りたがった草影少将の軌跡とは何だったんですか？」

私の問いに、S氏は、話すスピードを緩めて答えた。

「貴島さんが一番知りたかったのは、草影少将がソ連の秘密警察の拷問に屈しなかったかどうかということだ。節を曲げずに、死ぬまで頑張り通したと伝えたときの、貴島さんの安堵に満ちた顔は、今でもはっきりと思い出せるね。貴島さんは、節を曲げなかった草影少将に、あらためて師として尊敬の念を抱いたんじゃないかな。

それ以外にも、終戦直後に731部隊の石井中将から『専用機を用意しているので、二人でハルビンを離脱しよう』と誘われたが、『責任者として自分ひとりが、ハルビンを離れることはできない、ソ連の逮捕は覚悟しているので、石井閣下おひとりでお逃げ下さい』と言って断ったエピソードを話した。さらに、ハルビン特務機関の部下への最後の訓示として、『ハルビン特務機関員であった矜持だけは持ってもらいたい。私は捕虜となっても決して諸官のことは口外しない』と言ったこと、そして実際に拷問に屈せず、部下のことは口外せず獄死したことも話した」

S氏は、いったん話をやめてコーヒーを飲んだ。

「……」

私はそのとき、大岡昇平の小説『ながい旅』を思い浮かべていた。そこには、部下を守るために、全責任を負って刑死した岡田資中将の生きざまが淡々と描かれていた。私はその本を読んだときと同じ感動の中にいて、何も言えずにいた。

S氏は、そんな私を見据えると、再び口を開いた。

「貴島さんは、私から新しい史実を聞いて安心立命の境地に達したようで、ほんとうに穏やかで澄みきった顔をしていたな。そのあと、『中野学校の隠された歴史を残すことができるなら』ということで、病を押して、取材に協力してくれたよ」

力をこめて話し続けたせいで疲れを感じたのか、S氏は、テーブルにあったコップの水を一気に飲み干した。

「二つ疑問点があります。質問していいですか」

S氏はゆっくりとうなずいた。

「一つ目は、なぜ、『忠臣蔵─情報戦としての考察』が書かれたノートを、ソ連で獄死したはずの草影少将の墓前に捧げることができたのか、という質問です」

「当然の質問だな。草影少将の遺骨は、モスクワ郊外のウラジミール監獄墓地の共同墓地に合葬されているそうだが、それとは別に、東京の雑司ヶ谷に少将の遺品を収めた墓が作られていた。私は取材でそのことを知っていたので、貴島さんに話したところ、『恩師である草影所長の墓に、自分に代わってノートを捧げてほしい』と頼まれたんだ。それで、そのノートを借り、私が代わって草影所長の墓前に捧げたのだ」

明快な説明に納得した私は、第二の質問をした。

「なぜ伯父は、忠臣蔵を題材にしてノートを創ろうとしたのでしょうか。昭和の中野学校と江戸時代の忠臣蔵は、結びつかないように思えるのですが……」

「それは、中野学校の教材に『情報戦としての忠臣蔵』が採用され、授業がなされていたからだ。忠臣蔵を情報戦として捉え､生徒達に教育していたんだな。中野学校では忍術の教育もしていたし、水遁の術を学ぶため、多摩川を潜水して渡る訓練もしていたんだ。そういう点でも、草影所長は、固定観念に縛られない柔軟な発想の持ち主だったと言える。

貴島さんは、そのことをずっと忘れずにいた。それで退職してから、本格的な論文にして、今は亡き恩師の草影所長に報告しようとしたんだ。

ところで、余計なことだが、この論文でまとめられている『大石内蔵助の討ち入り戦略』の『目的・方針・指導要領』は、『決心・措置・命令』という、陸軍将校に教えていた戦術の分け方に酷似している。あえて苦言を呈するならば、君は軍事史を学んで、自力でそのことに気づくべきだったな」

それまでに多くの隠された事実を聴いてきた私は、その苦言にめげることはなかった。

それよりも何よりも、伯父の水面下の顔の全貌を、ほぼ完全に掌握できたという確信で、心は満たされていた。

難解なクロスワードパズルは、S氏の説明により、完全に解き明かされたのだ。

私がそう思っていると、S氏はつけ足すように話した。

「もう一つ、興味深いエピソードを話しておこう。それは、意外な人物が、赤穂義士を評価していたことだ。

草影所長は、中野学校創立後、ヨーロッパの諜報組織〝星機関〟の責任者として、ベルリンに赴任したが、その際の主たる情報源はナチスドイツではなく、ポーランドの地下組織の将校だったようだ。ナチスドイツが同盟関係にある日本に通告せずに独ソ不可侵条約を結んだことも影響してか、この時期に至っても、日本とポーランドは太いパイプで結ばれていたんだ。

そのポーランドのロメール駐日大使が、泉岳寺の赤穂義士の墓に詣でて、『純真と正義と信念の象徴たる義士の精神に対して尊敬の念を披瀝することによってポーランド国民の日本国民に対する感情を表明したい』と言っている」

「そうですか。赤穂義士は、日本人だけでなく、ポーランド人も評価してくれていたんですね。伯父が生きていれば喜んだでしょうね」

S氏は、私の返事ににこりと笑った。そして時計を見ながら、ぽつりと言った。

「ところで、伯父さんが君の名づけ親だとすれば、君の『誠也』という名前は、中野学校の基本精神である〝謀略は誠なり〟からとったんじゃないかな」

「……そういったことは聞いていません」

私が怪訝な顔をすると、S氏は首を傾げただけで、何も言わなかった。

私は、もうこれ以上の会話は、初対面のS氏に失礼だと思い、お礼を言って別れの挨拶をした。

新宿の雑踏の中を歩きはじめると、疾風怒濤の時代を正面から受けとめて戦った伯父の生きざまがよみがえり、私の全身を強く揺さぶった。

耳の奥では、モーツァルトの交響曲二五番の激しい旋律が、絶えることなく鳴り響いていた。

そのまま帰宅する気になれなかった私は、新宿駅を通り過ぎ、西口の先にある高層ビルの最上階に昇った。展望ルームからは、雪をいただいた富士山が見え、今まさに陽は没しようとしていた。

その寒々とした夕景を眺めるうちに、なぜ二つのノートを「黙示録」と名づけたのか、なぜ赤穂義士の中でも大高源吾に焦点を当てて書いていったのか、伯父の真意がわかる気がしてきた。

伯父は商社マンという仮面をかぶり、偽名を名乗って、親族さえも欺いて、情報将校として戦わざるをえなかった。そのことを戦後も引きずり、誰にも語るまいとしてきた。そう決意し、自らの人生を封印することは、つらかったに違いない。

だからこそ伯父は、脇屋新兵衛という偽名で情報戦を戦った大高源吾に自分を重ね、その戦いを記録したのだ。そうすることでしか、甥である私に、自分の戦いを「黙示」することができなかったのであろう。

しかも大高源吾は、武士でありながら俳句を詠んで紀行文を書いてきた。伯父もまた、好きな絵を描いて旅をしたかったのかもしれない。その点でも、源吾と伯父は似ていたように思えた。

やがて展望台からの眺望は、大都市東京の繁華街のネオンが輝き、ビルの照明がつき、さらに無数の家々の灯がともっていく、幻想的な夜景に変わっていった。それと共に、私の中の感動の嵐も急速に収まっていった。

しばらく夜景を見るうちに、私はふと思った。あの戦争さえなければ、伯父は相思相愛だった美千代さんという女性と結婚し、無数の家の灯の一つとなるような家を持ち、あたたかい家族と幸せな人生を送れたのかもしれないと。

そう思うと、せつない気持ちで胸が一杯になった。

翌日になり、平静さを取り戻した私は、昨日のS氏との会話を、すぐにでも兄に伝えたいと思った。兄とは昨年十二月の結婚パーティ以来、電話で話す以外には、伯父の葬儀で会っただけで、じっくり話す機会はなかった。そのため手紙には、S氏との会話の一部始終を書くだけでなく、賢次伯父から聞いていたインドの学校の話も詳細に書き加えた。

一週間後、兄から分厚い手紙が来た。

兄も、私と同じように、伯父が中野学校出身の情報将校だったことに強い衝撃を受けたようで、それにまつわる兄なりの感想が書かれていた。続いて「今度、上京した折には、『二つの黙示録』を必ず読ませてほしい」と、兄らしい躍動するような字で書かれていた。

その次に、インドの学校建設とみなしご達の教育に尽力した伯父の生き方に深い感銘を受けたこと、そして、自らの医者としての人生が、あたかも肉声で語りかけるように綴られていた。

俺が北海道で医者になって、三か月が過ぎようとしている。

当初は医者として続けることができるかどうか、正直言うと不安だった。そんな不確かなスタートだったが、現在までなんとかがんばって、毎日の医療活動を支障なく続けることができている。

それもパートナーである千尋の献身的な努力のおかげだと感謝している。千尋は寡黙だが、患者の信頼は俺より厚いくらいで、ほんとうに助かっている。

そんなわけで、ようやく医療活動も軌道に乗ってきたので、俺は、どんなことであっても患者の依頼であれば断らないことを自らの信条にしようと、決意を新たにしていた。

その矢先、山の中にある村から、「高熱を出している子どもがいるので至急治療してほしい」という連絡が入った。近所の住民に聞くと、その村は雪が深く積もっていて、とても車で行くことはできないと言われた。

でも、もし俺が行かなければ、その子どもは助からないかもしれない。

そう思うと、いてもたってもいられず、すぐに出発した。山の麓まで車で行くと、あとは雪に埋もれた山道を歩いて村に向かった。体力には自信があったが、地吹雪で先が見えず何度も道を見失いかけ、死ぬかと思ったよ。でも、あきらめずにがんばることで村に着くことができ、俺の治療で子どもは平熱に戻り、無事に回復した。

その後、そのことが噂で伝わったのか、今までよそよそしかった患者達と打ち解けることができ、本音で語れるようになった。

誠也の手紙を受け取った翌々日、山村の村長から電話があり、紋別で飲もうということになった。

紋別の飲食街も、歩ける道を作るためか、両側に雪がうず高く積まれ、看板と入口以外に建物が見えないくらいだった。その街中の雪景色を見て歩いていると、つくづく北海道に来たなあ、と感じたな。

そのあと村長とさしで飲んだのだが、途中で突然に真剣な表情になり、

「貴島先生、東京に戻らないでくれ。『真冬の山道を歩いてきてくれた医者なんかいねぇ』と、村の連中は、皆そう言っている。ずっとずっと、村人の面倒をみてくれ」

と言いだすんだ。

俺はまともに答えるのが恥ずかしかったので、うなずいただけだったが、気持ちは熱くなり、北の大地に根を張る医者になってよかったとしみじみ思ったよ。

紋別で村長と飲んだ翌朝、診療所に戻る前に、流氷を見に行った。

眼前には、白い流氷が、水平線まで海面を覆い尽くしていた。早朝ということで人影もなく、岸壁には砕氷船が横づけにされていた。俺は、この流氷で覆われたオホーツクの海の先に樺太があり、さらにその先には、伯父の師だった草影所長をはじめ多くの日本軍の将兵が抑留されていた極寒のシベリアが広がっているのだと頭の中に描いていた。

そして、その白一色の風景を見るうちに、「今度の誠也の手紙をきっかけに、俺の価値観は根本から変わったなあ」と実感している自分にあらためて気づいた。

俺はそれまで、俺達夫婦の医療活動なんか、たかが知れていると心のどこかで思っていたんだ。

しかし伯父が、インドのみなしご達のための学校を建設し、教育していたことを知り、完全にふんぎりがついたんだ。

伯父のやってきたことも、俺のやっていることも、広い世界から見れば、些細なことかもしれない。でも、そうした小さなことができなければ、かつての俺のように、いくら天下国家を論じても、何もできないとわかったんだ。

むしろ、社会の役に立つ小さな活動を積み重ねることでしか、社会の構造を根っこから変えていくことはできないと悟ったんだ。

そのことを俺は、すでに七年前に伯父から教えられていたと、今さらながら実感したな。

そんなことを考えながら、しばらく流氷の海を眺めていると、雲の間から陽の光が射し込んできた。そのとき俺は、医療活動を懸命にがんばれば、必ず希望を持つことができると、啓示を受けたように感じた。

俺は迷信や非科学的なことは大嫌いだが、そのとき不思議と、希望の陽の光を、伯父が発してくれているように思えたんだ。

そのあと、兄の手紙は、私への激励の言葉で結ばれていた。

兄からの手紙を読み終わった一週間後、「社会人になる前に一度飲もう」と約束していた川口君と、新宿西口に近いビルの最上階にあるパブに向かった。

金持ちの学生が一年生のときからボトルをキープしていたことをうらやましく思っていた我々は、今回は私がボトルをキープしようということになった。

私は思いきって、貧乏学生にとって高嶺の花だった「オールド」と言おうとしたが、迷ったあげくに、「ホワイト」にした。

「なんだ、貴島！　給料をもらえるようになるんだから、オールドと言えよ！　俺は、職場の近い神田のパブでは、オールドをキープするぞ」

「ホワイトが好きで、家ではたまに飲んでいる。だからホワイトにしたんだ。それにこの前の約束通り、飲み代は俺が持つんだから、つべこべ言うな」

私は、S氏から聞かされた伯父の水面下の顔の全貌を、詳細に話していった。その間、川口君は、ホワイトの水割りを、じっくり味わうように飲んでいた。

薄暗いパブの中では、軽快なテンポのポピュラー音楽が流れていて、私の話は、ひどく場違いな感じがした。

川口君は、私の話が終わると、ホワイトの水割りを一気に飲みほし、ぽつりと言った。

「戦時中の伯父さんの人生を音楽にたとえるならば、まさにモーツァルトの二五番だな」

バーテンが水割りを作ろうとすると、「ダブルで頼むよ」と注文した。私はシングルを注文し、次に川口君が何を言うか、じっと待った。

「貴島の伯父さんは、ビルマの収容所から帰国後、商社マンとして生きながらも、戦時中の挫折した戦いを、ずっと引きずって生きてきたんだな。だとしたら、『二つのバイオリンのための協奏曲』は似つかわしくない。

伯父さんの戦後の二つに引き裂かれたままの人生、水面下の顔を誰にも語ることのなかった孤独な人生は、バッハの『無伴奏バイオリンのためのパルティータ第二番』のほうが、ふさわしいように感じる。一度、聴いてみるといい」

「それじゃあライオンで聴いてみるよ」

川口君は、音楽から映画へと話題を転じた。

「貴島が観てる映画は、黒澤明とか西部劇とかのアクションものか、クロード・ルルーシュの『男と女』のような、映像が絵のように美しい作品ばかりだ。そういえば黒澤は直筆で絵コンテを描いていたな。それに対して、ゴダールや大島渚といった先進的なヌーベルバーグの映画は嫌っているだろう」

「あの手の映画はついていけないよ。特に政治が露出しているような映画は、好きじゃないね」

「やはり技術系の限界かな。貴島は、伯父さんに教えられて絵が好きだから、映画を絵画が連なった動画のようにしか観ていないんじゃないか。貴島には、そもそも映画芸術論が欠如しているからな」

彼の憎まれ口はいつものことなので聞き流していると、意外な映画を推薦してきた。

「『アラビアのロレンス』は、あらゆる点で素晴らしい映画だ。貴島の嫌いな難解さはないし、何よりもロレンスの苦悩と、貴島の伯父さんの苦悩が重なって見えると思うんだ。ロレンスは、イギリスの情報将校であるにもかかわらず、アラブ民族と共に戦い、彼らの独立を目指した。しかしイギリス政府の植民地志向の政策と板挟みになり、戦後も悩み続け孤独のまま死んだのだ。俺が今まで観てきた映画の中でも、第一の推薦作品だな。貴島は、観るべきだと思うな」

「わかった。観てみるよ」

そのあと川口君と映画論をめぐって論争となったが、私は川口君に一方的に攻められて、ほとんど太刀打ちできなかった。川口君は、言い過ぎたと思ったのか、最後はやさしい口調で締め括った。

「俺は出版社、貴島はコンピュータメーカー。就職先も全く違うし、趣味も考え方も全く異なる。でも、そういう友人を持つことは大事だと思うな。これから仕事が忙しくなるかもしれないが、お互いに野人の精神でがんばり、たまには飲むことにしよう」

「それじゃ今度は、川口がボトルをキープする神田のパブで飲もう」

多少は気恥ずかしいとお互いに思ったが、固い握手を交わしてパブを出た。

翌日、中野好夫の『アラビアのロレンス』を買って、その日のうちに読了した。ロレンスと伯父には、いくつもの共通項があり、すぐにでも映画も観たいと思った。

次の日、渋谷の映画館でロードショウを上映していることを確認し、十時前には映画館に入って、『アラビアのロレンス』をじっくり鑑賞した。

大画面一杯に映し出される砂漠での凄まじい戦闘シーンに、ただただ圧倒され続けた。ラストシーンでは、ダマスカス攻略に成功したにもかかわらず、ロレンスは去っていく。そのときのロレンスの寂しげな顔が印象的だった。

川口君の言うように、ロレンスの戦いは、確かに伯父の戦いに似ていると感じた。特に冒頭の、オートバイでスピードを出しすぎて事故死するシーンを見て、戦後は生に執着せず、世捨て人のような孤独な生き方を選んだ点が、二人に共通していると思った。

感動の余韻にひたりながら映画館を出て、その足で道玄坂を歩き、ライオンに向かった。

そこでバッハの「無伴奏バイオリンのためのパルティータ第二番」をリクエストした。

聴き入るうちに、この曲が、戦前とは価値観ががらりと変わり、平和と経済的繁栄を謳歌する戦後の社会、そのあまりの変化にとまどいながらも峻厳に生きた、伯父の心象風景を奏でているように感じた。

終章　公園でのスケッチ

亡き伯父にまつわる回想は、私の頭の中を、次々と通り過ぎていった。

気がつくと、新幹線は新大阪の駅にすべりこもうとしていた。

私はリュックを荷台から降ろして肩にかけ、列車が停止するとホームに出て、在来線に乗り替えた。電車は、尼崎、神戸と過ぎて走り続けた。

やがて電車の窓から、須磨の海岸が見えてきた。伯父が「夏は海水浴客でにぎわう」と書いていた海岸は人影もまばらで、砂浜の先には淡い色に霞んだ穏やかな瀬戸内の海が広がっていた。

伯父は夜明け前のこの須磨の海岸でスケッチをしたのだなと思うと、感慨深いものがあった。伯父が大高子葉の紀行文を追体験できたのはここまでで、ここから先は、自分が伯父に代わって追体験の旅を引き継ぐのだと気を引き締めた。

姫路駅で赤穂線に乗り換えると、電車は一駅ごとに停車し、ゆっくりと進んだ。


ようやく終着の赤穂駅に着き列車を降りたが、平日のためか乗客はまばらだった。改札を出て、赤穂城を目指し歩いても、歩行者はほとんど見当たらなかった。

堀沿いに歩き、三の丸にある大石内蔵助の屋敷跡を見学した。屋敷内の庭園は、まるで京都の寺院にある庭園のようで、筆頭家老とはいえ千五百石の石高に見合うとは思えないほどに広く、美しかった。その庭園に隣接して大石神社があり、この辺りは歴史見学のコースになっているのか、観光バスが二台停車し、中高年の見学者で賑わっていた。

途中で昼食を食べ、次に浅野家の菩提寺である花岳寺に向かった。

寺にお参りし、境内を歩くと、刃傷事件や浅野内匠頭切腹の情報を伝えるために四人の赤穂藩士が乗った早駕籠が置かれていた。早駕籠は、あまりにシンプルな構造で、約六百二十キロメートルの道のりを、こんな駕籠に乗ってわずか五日間で踏破したと想像すると、彼らの苦労に敬意を表する気持ちになった。

境内の奥には墓が連なっており、その一角に、大高源吾が義仲寺で詠んだ俳句「こぼるゞをゆるさせ給え萩の露」が彫られた大きな石碑があった。

私は、伯父に見せたかったと思い、しばし石碑の前に佇んだ。

寺の人に聞くと、大高源吾の住居跡はこの近くにあるというので、赤穂市の地図にペンで目印をつけ、その場所を目指した。

花岳寺近くの公園の南側の一角に、「大高源吾宅趾」という小さな石碑があり、横の看板に源吾の略歴が書かれていた。源吾がここで育ったのだと思うと感慨深いものがあった。

しかし住居の痕跡は何もなく、目の前には何の変哲もない公園があるだけだった。公園に入ると、すべり台などの遊戯施設と木が疎らに生えているだけで、人影はなかった。

それでも私は、心の中で「ついに来たよ」と、亡き伯父に語りかけた。

私は公園に立ち、伯父が赤穂に来ることができたら、どこを描くだろうと想像したが、大石内蔵助の屋敷の庭園でも、赤穂城でも、花岳寺の源吾の句碑でもなく、これまでの追体験のスケッチから、間違いなくこの公園を描いただろうと、はっきりと確信することができた。

私は公園にあるベンチに座り、リュックから伯父の描いてきたスケッチブックを取り出し、空白のページを開いた。しばらく公園から視界に入る全景を見渡して構図を決めようとした。

何もない公園、柵近くにある遊具と疎らな木々、公園の背後に広がる赤穂の街並み、さらに街の先に広がる稜線のなだらかな山々、そしてわずかな雲がたなびく晴れた青空。

構図が決まると、それらを順に描きながら、ふと思った。

芥川龍之介は『或日の大石内蔵助』で、討ち入り後の細川越中守の屋敷での内蔵助の心境を描写した。もし同じように『或日の大高源吾』というテーマで、討ち入り後の松平隠岐守の屋敷での源吾の心境を探るなら、どのように描写すべきなのだろうか、と。

緊迫した情報戦を担い、刀も折れよとばかりに戦った激しい討ち入りでの戦闘、その戦いの風景を、源吾は次々と回想したであろう。当然にも、その回想には、仇討ち成功の達成感がともなっていただろう。

しかし、その一方で、年老いていく母に思いを馳せながら、この穏やかで静謐な故郷の風景が、源吾の頭の中に懐かしく広がっていったのではないだろうか。

私の中で、その対照的な風景の間を揺れ動く源吾の切ない心境に思いが至ると、突然に曰く言い難い熱いものが突き上げてきた。

そのとき公園に、自転車に乗った三人の子ども達が現れた。背格好から見て、小学二年生くらいかなと思った。

三人の子ども達は、公園の真ん中付近で、しばらく遊びまわっていた。

私は、無人の公園では寂しい絵になってしまうと思い、この子ども達を描いた。

そのあと色鉛筆を出して彩色していると、子ども達は遊び疲れたのか、自転車に乗り、ベンチに座る私のほうに近づいてきた。男の子二人と女の子一人だった。

全員が自転車から降り、背の高いほうの男の子が私の前に立ち、声をかけてきた。

「おじちゃん、何してるの」

「絵を描いているんだよ」

「この公園で、絵を描いている人、はじめて見たよ」

そう言うと、三人とも不思議そうな顔をして、私の絵を覗き込んだ。

「おじちゃん、絵がうまいんだね。あれ！この遊んでいるの、僕たちかい？」

「そうだよ」

「へえー。もうすぐできあがるね」

「私たち、この公園で遊んでいるから、絵ができそうな頃、また来るね」

そう女の子が言うと、三人は自転車を置いて、公園の真ん中に移動し、再び遊び始めた。

三十分も経つと、絵は完成した。

私は何気なく、子ども達の置いていった小さな自転車に視線を移した。

そのとき突然に、過去の記憶が、はっきりと蘇ってきた。

それは、小学校低学年の頃に、伯父と自転車で本門寺の五重塔を見に行った記憶だった。

◇　◇　◇　◇

その日は桜が満開で、穏やかな天候だった。

五重塔を見たあと、本門寺の高台がつきる場所まで、自転車で移動した。そこからは蒲田方面の建物や工場が一望でき、羽田空港が近いためか、青い空の中を、飛行機が飛び交っていた。

私は、子ども心に、気持ちが高鳴るような眺めだと思った。

「おじちゃん。おじちゃんは飛行機に乗って遠い外国へ行くんでしょ？」

「そうだよ」

「僕も外国に行きたいな」

「そのためには一生懸命に勉強しないとね」

「僕、勉強するよ」

「でも、それだけじゃだめだよ。もっともっと大切なことがあるんだ」

「何？」

「それはね……どんなときも、裏表なく誠意をつくして生きることなんだよ」

「僕には、よくわからないな」

「おとなになったら、きっとわかるよ。誠也という名前は、そういう意味なんだよ」

「……」

「誠也には、どんなときでも、裏表なく誠意をつくして生きてほしいな。どんなときでも裏表なく、だ！」

繰り返し言うと、伯父はにっこり微笑んだ。

◇　◇　◇　◇

その会話を思い出したとき、伯父が何よりも私に言いたかったことが、はっきりわかった。

そうだったのだ。

伯父は、戦争が終わり、平和な時代になっても、情報戦士だった過去に引きずられ、そのことを明らかにできなかったために、裏表なく誠意をつくして生きることができなかった。

そして最期まで、黙示録としてしか、自らの人生を語ることができなかった。

だから、自分のできなかったことを、「誠也」と名づけた私に託したのだ。

途端に目頭が熱くなり、周囲の景色がよく見えなくなってきた。


やがて子ども達が戻ってきて、私のまわりを囲み、それぞれ話しかけてきた。

「おじちゃん、絵できたね」

「おじちゃん、絵がじょうずだね」

「僕たちが絵の中にいるよ」

そのあと、私の顔に目を移した背の高い男の子が、口を開いた。

「おじちゃん、泣いているの。絵に涙がこぼれている」

隣にいた男の子も、

「おじちゃん、絵がにじんできたよ」

と言って、心配してくれた。

しかし私は、何も答えられず、涙をぬぐうこともできなかった。

子ども達は、どうしていいかわからず、黙り込んでしまった。

しばらくすると、今まで話さなかった女の子が、私を元気づけようとした。

「おじちゃんの描いた公園の絵は、雨が降っているんだよ」

〔完〕

あとがき

筆者は、情報ネットワーク社会の歴史研究をライフワークとしてきた。

三年前に『第四次情報革命と新しいネット社会』（コモンズ）を上梓し、二〇世紀後半から二〇一〇年代前半までの情報ネットワーク社会を、グローバルな視点から多面的に分析した。

一昨年は『戦国の情報ネットワーク』（コモンズ）を上梓し、一六世紀の戦国時代の情報ネットワーク社会を、同時代の西欧や中国と比較しながら、中心なき分権社会として分析した。

そして現在、三つの異なった時代の情報ネットワーク社会を、並行して研究している。

第一は、インターネットが世界を覆い、人工知能が急速に発展する近未来の情報ネットワーク社会の研究である。

第二は、中野学校情報戦士の〝見えない戦争〟を支えた昭和の軍事情報ネットワークの研究である。この二つ目の研究と戦国時代の忍者の研究を結びつけ、昨年、筆者にとって初めての歴史小説である『真田忍者の系譜 中野学校情報戦士たちの挽歌』（青月社）を執筆した。

第三は、江戸の社会における情報ネットワークの研究である。

特に、江戸の社会特性を析出する上で、幾人かの象徴的人物の情報ネットワークを分析する方法論が、極めて有効だと判断している。その象徴的人物として、松尾芭蕉、蔦屋重三郎、高野長英、間宮林蔵等を挙げることができる。彼らに共通するのは、強力な情報ネットワークを構築した主要メンバーだったことである。しかも複数の組織・仕事に従事した経験を持っていたことでも共通していた。

なかでも、赤穂四十七士の一人である大高源吾は、格段に優れており、高く評価することができる。大高源吾は、武士でありながら俳人として名をなし、俳句にまつわる二冊の本を出版していた。しかも吉良邸討ち入りを成功に導いた情報戦におけるキーパーソンの役割をも担っていたのである。大高源吾は、調べれば調べるほど、汲めども尽きぬ多面的な魅力を秘めた人物であり、その一方で、その一貫した誠実な生き方は、人の心を深く打つものがある。

そのため筆者は、かねてより大高源吾を中心に〝情報戦としての忠臣蔵〟の研究を重ねてきた。その研究を踏まえて、本書における二つの黙示録を完成させることができた。

一方、昭和の時代、陸軍中野学校のユニークな教育において、忍術だけでなく、忠臣蔵を情報戦として捉える講義がなされていたことを、斎藤充功氏の著書『スパイ・アカデミー　陸軍中野学校』（洋泉社）で知った。

筆者はそのことにより、「その授業を受講した学生たちは、どのように赤穂義士たちの行動を捉えたのだろうか」と自問し、「おそらく、情報戦士として、二つの顔を持って行動した赤穂義士たちに、強い親近感を抱いたのではないだろうか」と、推定した。

この推定が、本書を書こうとした第一のきっかけとなった。

陸軍中野学校に関しては、多くの著書を上梓されている斎藤充功氏の謦咳に接することができた。特に、斎藤氏が昨年十一月に上梓された『日本のスパイ王』（学研プラス）を参考にさせていただいた。斎藤氏のアドバイスと激励、さらに斎藤氏の地道に調べられた同書での新事実がなければ、歴史小説としての本書を完成させることはできなかった。

ここで、斎藤充功氏に心からの感謝の意を表したい。


本書を書こうとした第二のきっかけは、激動の昭和の時代に、戦中派の人々がどう生きてきたのか、自分なりに描いてみたいと思ったからだった。

招集され、アジアの各地での戦いを担った戦中派の人々の目に、政治経済のみならず価値観が根底から覆された戦後の社会は、どのように映ったのだろうか。

筆者は、団塊の世代に続く世代に属するが、自分や友人たちの父親の多くが、戦争体験者だったということでは、団塊の世代と共通している。そして戦中派の父親たちに共通していたのは、戦争を知らない世代である我々に、総じて戦争体験そのものを語ることが少なかったことである。筆者の父親も伯父たちも、そして友人たちの父親たちも、多くが戦地で戦っていたが、不思議なことに肝心の戦闘シーンについて語られたと聞いたことは、ほとんどなかった。

今にして思えば、その原因は、戦争という異常な体験が、たとえ戦死を免れても、戦中派の多くの元戦士たちに、深い心の傷を残していたからではないだろうか。


筆者の父親は、中国で八路軍と戦い、昭和二〇年には関東軍に編入されてソ連軍の捕虜となったが、銃火を交える戦闘それ自体を、決して語ろうとはしなかった。

筆者が高校一年の頃、父の本棚にあった五味川純平の『人間の條件』を一気に読了し、そのことを伝えたときの父の言葉が忘れられない。

「もし自分に小説を書く才能があれば、『人間の條件』の主人公よりも、もっと苛酷で数奇な運命をたどる戦争小説が書ける」

本書を執筆し終えて、この父の言葉をあらためて噛みしめてみると、戦争体験という極度の不幸は沈黙をもたらすと共に、その戦争体験がそれぞれ異なり千差万別だったということに気づく。そうであるがゆえに、戦中派の元戦士たちは、内に秘めた固有の戦争体験を、黙示録のようにしか語ることができなかったのではないだろうか。

その象徴的人物が、本書の主人公の伯父である、中野学校出身の元情報戦士・貴島勲である。本書は歴史小説であるから、貴島勲に複数のモデルはいても、あくまで筆者が創りあげた人物である。


このように歴史小説としての限界はあるが、戦中派世代が、戦後の社会をいかにして生きたかを描くこと、その生き様を通じて、終戦を境に激変した昭和の歴史とは何だったのかを明らかにすること、そうした想いを込めて、本書を書きあげた。

今年は平成二十九年となり、今の若者世代にとって、昭和の時代は遠くなり、歴史の一時代になろうとしている。そうなると、その時代を生きた人々は集団として一括で括られ、昭和史という歴史書の中に埋め込まれていくことになる。

だからこそ、戦中派にとって生きづらかった昭和の時代、その時代を自己に厳しく誠実に生きてきた人々がいたことを、記憶に留めなければならないと思う。

本書がその一助になれば幸いである。

あらためて言うまでもなく、本書は単独の歴史小説ないしはミステリー小説として読むことができる。

しかし筆者としては、前作『真田忍者の系譜 中野学校情報戦士たちの挽歌』の続編として位置づけており、前作との併読をお勧めしたい。併読いただくことで、中野学校情報戦士たちから見た昭和の陰影を帯びた歴史が浮き彫りにされることを期待したい。

前作では、中野学校の情報戦士たちや戦国の忍者たちが、仮面をかぶり、情報戦を戦った、その姿を描いた。

本書では、むしろ情報戦士や大高源吾が戦いの後、どう生きたかに着目した。彼らは確かに仮面をはずすことはできたが、そのはずしたはずの仮面が、彼らの戦後の人生を強く制約していくことになる。

その悲劇を描くことが、本書の一番の目的だったと言えるのかもしれない。

本書は、あくまで歴史小説である。

ただし、いくつか引用している歴史文書は、筆者の創作ではなく、史実に基づく実在の文書である。歴史文書の引用元は、参考文献に記した通りである。

なお、大高子葉の『丁丑紀行』は、興味を持たれる読者も多いと推察し、このあとの二三八ページから全文を掲載している。

本書の作成において、茶道に関しては小笠原義成さん、絵画に関しては岡本俊一さんのアドバイスをいただいた。加えて的確なコメントをいただいた歴史家の河田宏さんや金田功さんの励ましがなければ、本書を完成させることはできなかった。四人の皆さんに敬意を表したい。

最後に、前作に続き、本書を出版いただいた株式会社青月社社長の望月勝さん、誠意を持って、きめ細かくサポートいただいた企画編集部の小松久人さんに、心から感謝の意を表したい。

二〇一七年七月　　蒲生　猛

子葉『丁丑紀行』全文

＊鍋田晶山（編）、西村豊（補）『赤穂義人纂書 補遺』（国書刊行会、明治44年）を底本とし、ふりがな、句読点や括弧内・註の追加、旧字体を改めるなどの処理を編集部が適宜施した。

文月（旧暦七月）九日、朝曇りて涼し。卯の刻（午前六時）に馬をす、め、いきほひ百里の雲に向へば、例の誰かれ門《かど》送りし、馬の上舟の渡り道すがらの事ども、何くれこまやかに心ざしを餞別してわかれを慕へば、今更江戸の名残も惜ふて、

秋風の嬉し悲しきわかれ哉

旅珍しき心ちに道のほども近ふ覚えぬ。ことなる事もあらず戸塚に御止宿《おんししゅく》まします。十日夜中より雨降、藤澤遊行の寺にて、

上人のお留主久しや秋の雨

酒匂川にわたりなし、とく大礒に御止ります。鴫《しぎ》たつ沢（歌枕の地）へ立寄、三千風《みちかぜ》（姓・大淀。俳人）を訪ふに、留守なりければ、庵を守れる者に申置《もうしおき》侍る。

合羽着て鴫立跡に迷ひけり

十一日、三島に御やどりまします。はたの茶屋にて各《おのおの》餅ゐなどたふべ（食べ）侍りて、

朝霧に鮓の匂ひの覚束な

さいの河原となんいへる波打際に、少き塔を組て、鼠尾萩《みそはぎ》のしをれたる一もとに土人形のふりたる二ツ三ツならべ置たり。いかなるもの、子を先立けんと哀なり。

さもあらんさいの河原や盆の前

十二日、興津に御止宿まします。申の刻（午後四時）さつた山（薩埵峠）にて村雨す。いさごのぬれわたるいと涼しなれば、下の道を通るとて、

稲妻と走りぬけけり親しらず

十三日、昼より雨降。宇津の山にて、

万人の笠の雫か蔦の雨

入逢過《いりあいすぐ》る頃をひ金谷に至る。今宵こそなき人の来なれとて、旅店も物静に儲なし門火焼。

川越《ご》しもりんと帯して門火哉

十四日、終日雨天。袋井の御旅館に至りて、御座所の儲何くれ取つくろはすれば、蘭の香遠くもてく、かたはらなる障子をはづせば、はれらかなる庭の構へ、異なる物嗜《ものずき》も侍らず、只松柏もつこくの外に蘇鉄南天のみなり。石台に蘭の盛なる有。あるじの心ばせいとゆかしく、各昼《ひる》餉《げ》す。盆のいりひなりければ、もてなしもからびて、

夕顔のさしみに蘭の匂ひ哉

見付の宿へのぼれば、半道ばかり東の方大久保といへる村のはづれに清池あり、丸池といふとぞ。池のかたちの丸ければなるべし。水の色きはめてみどりに、露草の花には一しほ二入増《しおまさ》りてこく（濃く）見え侍り、立よりて掬するに、ひや、かさ醒《さめ》が井《い》（滋賀県米原市の名水）にかはらず覚ゆ。

手拭に桔梗をしぼれ水の色

今日浜松に御やどりまします。夜にいれば者共二三十人づ、打むれて、声のはかり念仏申て、鉦《かね》太鼓をた、き夜すがら廻る。か、る魂《たま》祭り余所にも侍るやらんと問へば、あるじの語る、味

方が原御合戦の後、戦死の者どもを御とぶらひのため、東照宮より仰事《おおせごと》侍りて、今に至りても年々かゝれりとぞ。御城主よりも警固など美々敷《しく》御沙汰有と見ゆ。

聖霊もうしろ見せぬや夕顔寺

十五日、朝降。白須賀に御休ます。塩見坂を攀《よじ》のぼりて、右の方に富士山がまた見えたり。今一足二足行《ゆけ》ば此山も見えずなりぬるといへば、

秋霧の富士もさらばよ塩見坂

十六日、よべ（昨夜）より空晴てほしの影きらゝかなり。赤坂の御旅館を夜に出る。法龍寺の辺りにてはいまだ明ぬべくも見えず。右の方に當りて、太鼓にもあらぬもの、夥敷《おびただしく》響き同じ調子に聞えていぶかし。駕籠まはせる男にとへば、鹿猿のおほく畑物《はたけもの》をあらせるを追ふになん。谷に大きなる瓶《かめ》をふせて山川に車をしかけ、瓶を埋《うめ》し上を打《うた》せけるとぞ。

だまされて鹿の鳴く音ぞ哀なる

十七日、順風に渡海す。七里をたゞ半時《はんとき》（一時間）計《ばかり》に至る。

雁金も追ひてに渡れいせ（伊勢）の海

桑名に御休足まします。今日此所《ここ》の鎮守春日大明神の御神事（桑名宗社の石取祭《いしどり》）とて、家並に桟敷を構へ、近在隣郷の男女僧俗いやが上におし合ひのゝしる。やどせしあるじも、子供の祭りに出けるとて、赤飯さゝへ殊外《ことのほか》にまふけなして馳走顔なりければ、こなたも祝儀などとらせけり。祭礼の次第善尽せり。さすが王城遠からざれば、田舎めきたるけはひもあらず。抑此《そもそも》御神事をひやうりと申よし、いかなる故かととへば、祭礼は八月十八日、東江よりの御沙汰なりければ、城主の御はからひとして、警固も威

儀をたゞして、下《しも》ざま（庶民）は見物もたやすからずと。けふ七月十七日、氏子どもの私にいさめ申す、よつて裏と名付け、八月十八日を表とす。然るを下臈の何となくひやうり（表裏）とのみ申やらんとかたる。さも有べしや。

　葛の葉の裏を先《まず》見る神事哉

十八日、日和よし。桑名を夜に出て、一里余りに朝日川をわたれば、漸《ようやく》東の空白けたり。

　百舌鳥《もず》鳴てほの〲あかし朝日川

大神宮（伊勢神宮）への追分け（分かれ道）にて餅を喰ふ。

　追分やまねきこまるゝ花薄《すすき》

十九日、関の御旅館を日の出にわかれ出ぬ。山路なれば馬より下りて行、これより坂の下迄の道すがら、木のふり山のたゝずまひ風景他に異なり。一の瀬といへる所へ取つく。右の深山を古法眼《こほうげん》（室町時代の絵師・狩野元信）が筆捨山《ふですてやま》というよし。げにも此山の粧ひ、神仙もとゞまりぬべく見ゆ。

　どの様《よう》な朱筆《しゅふで》なりけん秋の山

鈴鹿の坂をのぼりて、猪の鼻とかいへる所に山家有。所がらの私雨、嵐もはげしく身にしみわたれば、

　猪のはなやわせ（早稲）のもまるゝ山嵐

蟹が坂、かにが石塔（土山宿の蟹塚）、幻の様に見やりて、

　いが栗に眠り懸れる山路哉

廿日、水口を出て横田川を渡る。既に東武を出で

十餘日、菅笠《すげがさ》はゞき（旅装束）も旅なれ、石川の清げ成にはかちわたり用捨せまほしく覚えて、

さび鮎に柿の脚絆《きゃはん》や横田川

粟津が原義仲寺へ参侍りて、先翁の隠れ給ひし塚（松尾芭蕉の墓）に向へば、いつしか四とせ（四年）の露霜を経て、秋の草しほれがちに、しるしの芭蕉ものわき（強風）にやぶられぬ。水むけ申、合掌するにぞ、例のそゞろ涙いとけやうし。面受口闕のわれにもあらねば、尊霊も却てとがめたまふべきやと、

こぼる、をゆるさせ給へ萩の露

廿一日、日和よし。大津を出て蝉丸《せみまる》の宮へ立よれば、朝風梢に声してさふぐし。

琵琶をすぐに関のわら屋の秋の風

是より行事《ゆくこと》三里斗《ばかり》にして深草の里に至る。

深草や粟も刈れて片鶉《かたうずら》

廿二日、伏見の月枕の面に白めば、旅館をまかんでぬ。これより馬を継《つぎ》かへたりけるに、駒なれば、物うばえし、あやまつて膝を折る。千種《ちぐさ》のしげり（草の茂み）なりければ身につ、がはなし。遍昭《へんじょう》が事（落馬して女郎花《おみなえし》を手折ったという僧正遍照の故事）などおもい添て、前後をかへり見る。

よせひなる落馬なりけり女郎花

川霧暗くたちこめて、

川霧やあくび斗か淀の舟

廿三日、郡山の御やどりを朝まだく出で行く。西の宮をこえて、一里許ありて、右の山の端に、石の花表《とりい》見ゆる。猿丸太夫《さるまるだゆう》の宮なりけらし。さばかりの人と思へば、口ごもりて、

猿丸へ手向《たむけ》申さん木《こ》の實《み》なし

廿四日、兵庫を夜に出る。漸々須磨のほとりにて浪白ふ明わたるに、馬の上のねぶりも覚《さめ》て、

目の覚《さむ》る須磨の夜明や月も有り

一の谷古戦場にて、

すさまじや海と山とに秋の声

明石の浦むげに詠捨て、町を二町斗入《いり》て、右の方へ六七丁行《ゆけ》ば、人丸塚《ひとまるづか》有。風雅の事共いのり申序《ついで》に、

なが〱し夜やなかんづく草枕

廿五日、故郷の空近ふいたゞき、朝風馬蹄をす、めいそげば、御迎《おむかえ》の誰かれ道〱参向す。

軽尻の素鞍《すぐら》に尾花《おばな》打ち敷きぬ

鎗持《やりもち》も髭をたしなみ、挟箱《はさみばこ》（荷物を入れる箱。棒がついており、肩に担ぐ）も肩を忘れて、十里の道を多葉粉《たばこ》ともいはず、未昼のかしら城門に柄《つか》袋《ぶくろ》をはずす（旅装を解く）。

旅に公私あり。旗籠《はたご》ねぎりすて、仏閣の陰に一夜をあかし、あるは立とまる所々に往事をおもひ、杖をひく旅にしても、句をもてなぐさむはかたし。しかるに応命のいとま、山川人世の境界をうか〱と見ざる句の妙、うれしき事どもなり。ことに旧知芭蕉翁が墓をたづねられしことも、道にふかき志なるべし。遠境はやくも一軸にして予に見よとのつたへ、子葉子にゐてよく予をしれる人なり。胡馬楚猿のかなしみもなく無事に帰国のよろこびを此に書そへ侍る。

今比《いまごろ》は口にし秋の月夜かな　沾徳

参考文献

文献

(1)陸軍中野学校関連

畠山清行(保阪正康・編)『秘録 陸軍中野学校』(新潮文庫) 平成15年
斎藤充功『陸軍中野学校 情報戦士たちの肖像』(平凡社新書) 平成18年
楳本捨三『日本の謀略 明石元二郎から陸軍中野学校まで』(光文社NF文庫) 平成22年
斎藤充功『陸軍中野学校極秘計画 新資料で明かされた真実』(学研新書) 平成23年
斎藤充功『証言 陸軍中野学校 卒業生たちの追想』 バジリコ 平成25年
斎藤充功、歯黒猛夫『陸軍中野学校秘史』(DIA COLLECTION) ダイヤプレス 平成25年
加藤正夫『陸軍中野学校 秘密戦士の実態』(光文社NF文庫) 平成26年
日下部一郎『決定版 陸軍中野学校実録』(ベストセレクト) ベストブック 平成27年
斎藤充功『スパイ・アカデミー 陸軍中野学校』 洋泉社 平成27年
斎藤充功『日本のスパイ王 陸軍中野学校の創設者・秋草俊少将の真実』 学研プラス 平成28年

(2)旧日本軍関連

大岡昇平『野火』(新潮文庫) 新潮社 昭和29年
会田雄次『アーロン収容所 西欧ヒューマニズムの限界』(中公新書) 昭和37年
児島 襄『太平洋戦争(上)』(中公新書) 昭和40年
児島 襄『太平洋戦争(下)』(中公新書) 昭和41年
児島 襄『参謀(上)』(文春文庫) 昭和50年

山本七平『私の中の日本軍(上)(下)』(文春文庫)　昭和58年
山本七平『一下級将校の見た帝国陸軍』(文春文庫)　昭和62年
津本 陽『わが勲の無きがごと』(文春文庫)　昭和63年
戸部良一、寺本義也、鎌田伸一、杉之尾孝生、村井友秀、野中郁次郎『失敗の本質』(中公文庫)　平成3年
堀 栄三『大本営参謀の情報戦記　情報なき国家の悲劇』(文春文庫)　平成8年
長谷川慶太郎、近代戦史研究会(編)『情報戦の敗北 なぜ日本は太平洋戦争に敗れたのか』(PHP文庫)平成9年
保阪正康『東條英機と天皇の時代』(ちくま文庫)　平成17年
小谷 賢『日本軍のインテリジェンス』(講談社選書メチエ)　平成19年
大岡昇平『ながい旅』(角川文庫)　平成19年
半藤一利、保阪正康『昭和の名将と愚将』(文春新書)　平成20年
林 英一『残留日本兵　アジアに生きた一万人の戦後』(中公新書)　平成24年
保阪正康『陸軍良識派の研究　見落とされた昭和人物伝』(光文社NF文庫)　平成25年
岩畔豪雄『昭和陸軍謀略秘史』　日本経済新聞出版社　平成27年

(3)昭和史関連

磯田光一『戦後史の空間』(新潮選書)　昭和58年
小熊英二『〈民主〉と〈愛国〉　戦後日本のナショナリズムと公共性』　新曜社　平成14年
保阪正康『昭和史再掘　〝昭和人〟の系譜を探る15の鍵』(中公文庫)　平成16年
山口昌男『「挫折」の昭和史(下)』(岩波現代文庫)　平成17年
戸部良一、寺本義也、鎌田伸一、野中郁次郎『戦略の本質』(日経ビジネス人文庫)日本経済新聞出版社 平成20年
保阪正康、半藤一利『「昭和」を点検する』(講談社現代新書)　平成20年

半藤一利『昭和史 1926-1945』（平凡社ライブラリー） 平成21年
半藤一利『昭和史 1945-1989』（平凡社ライブラリー） 平成22年

(4) 忠臣蔵関連

鍋田三善（編）『赤穂義人纂書 第一』 国書刊行会 明治42年 →「大高源五臨東下贈母氏之書」
鍋田三善（編）『赤穂義人纂書 第二』 国書刊行会 明治43年 →「大高子葉手簡 水間沾徳様」「松平隠岐守に御預け一件」
鍋田晶山（編）、西村 豊（補）『赤穂義人纂書 補遺』 国書刊行会 明治44年 →大高子葉『丁丑紀行』
松島栄一『忠臣蔵 その成立と展開』（岩波新書） 昭和39年
丸谷才一『忠臣藏とは何か』（講談社文芸文庫） 昭和63年
復本一郎『俳句忠臣蔵』（新潮選書） 平成3年
津本 陽『新忠臣蔵』（光文社文庫） 平成3年
野口武彦『忠臣蔵 赤穂事件・史実の肉声』（ちくま新書） 平成6年
台雲山花岳寺（編）『子葉 大高源吾』 台雲山花岳寺（私家版） 平成7年
伊東成郎『忠臣蔵101の謎』 新人物往来社 平成10年
勝部真長（監修）『忠臣蔵大全 歴史ものしり事典 実録』（主婦と生活・生活シリーズ） 主婦と生活社 平成10年
秋山 駿『忠臣蔵』 新潮社 平成20年

(5) 近世文化史関連

山本常朝（奈良本辰也・訳、編）『葉隠』（角川文庫） 昭和48年
松尾芭蕉（萩原恭男・校注）『芭蕉 おくのほそ道 付 曾良旅日記 奥細道菅菰抄』（岩波文庫） 昭和54年
三島由紀夫『葉隠入門』（新潮文庫） 昭和58年
神坂次郎『元禄御畳奉行の日記 尾張藩士の見た浮世』（中公新書） 昭和59年

永井荷風『江戸芸術論』（岩波文庫）　平成12年
児玉幸多『元禄時代』（中公文庫・日本の歴史）　平成17年
半藤一利『其角俳句と江戸の春』　平凡社　平成18年
長谷川 櫂『「奥の細道」をよむ』（ちくま新書）　平成19年
大久保純一『カラー版 浮世絵』（岩波新書）　平成20年
堀切 実『芭蕉たちの俳句談義』　三省堂　平成23年

(6) その他

中野好夫『アラビアのロレンス』（岩波新書）　昭和15年
A・M・ナイル（河合 伸・訳）『知られざるインド独立闘争　A・M・ナイル回想録』　風濤社　昭和58年
保阪正康、半藤一利、松本健一、原武史、富森叡児『戦争と天皇と三島由紀夫』（朝日文庫）　平成20年

新聞記事

「世界有数のインテリジェンス」　『産経新聞』平成27年3月1日

ウェブサイト

橋本 恵「イワクロ.COM ～かくして日米は戦争に突入した～」(http://www.iwakuro.com/)
※平成29年6月22日閲覧

◉著者プロフィール
蒲生 猛（がもう・たけし）

1952年、東京都生まれ。早稲田大学理工学部卒業後、1975年に大手IT企業に入社。以後、営業・企画・マーケティング部門で勤務するかたわら、経済分析研究会のメンバーとして、情報経済論・情報化社会論を担当。研究・執筆活動を行う。2015年からはITの専門学校で教鞭を取り、日本・アジア・アフリカの学生たちの指導にあたっている。

著書
『第４次情報革命と新しいネット社会』 コモンズ 2014年
『戦国の情報ネットワーク――大名・民衆・忍者がつくる中心なき分権社会』 コモンズ 2015年
『真田忍者の系譜 中野学校 情報戦士たちの挽歌』 青月社 2016年
共著
『産業空洞化はどこまで進むか』 日本評論社 2003年
主な論文
「80年代情報革命の社会的意味」『経済評論』1982年3月号
「情報化の進展とコンピュータ産業」『産業年報』1997年版
「情報革命がもたらす新しい社会」『現代の理論』2011年秋号

忠臣蔵は情報戦なり 中野学校 情報戦士の黙示録

発行日　2017年 7月 18日　第１刷

定　価　本体1500円＋税
著　者　蒲生 猛
発　行　株式会社 青月社
〒101-0032
東京都千代田区岩本町3-2-1 共同ビル8Ｆ
TEL 03-6679-3496　FAX 03-5833-8664

印刷・製本　シナノ印刷株式会社

ISBN 978-4-8109-1313-2